ALABARDAS, ALABARDAS,
ESPINGARDAS, ESPINGARDAS

Obras do autor publicadas pela Companhia das Letras

O ano da morte de Ricardo Reis
O ano de 1993
A bagagem do viajante
O caderno
Cadernos de Lanzarote
Cadernos de Lanzarote II
Caim
A caverna
Claraboia
O conto da ilha desconhecida
Don Giovanni ou O dissoluto absolvido
Ensaio sobre a cegueira
Ensaio sobre a lucidez
O Evangelho segundo Jesus Cristo
História do cerco de Lisboa
O homem duplicado
In Nomine Dei
As intermitências da morte
A jangada de pedra
Levantado do chão
A maior flor do mundo
Manual de pintura e caligrafia
Memorial do convento
Objecto quase
As palavras de Saramago (org. Fernando Gómez Aguilera)
As pequenas memórias
Que farei com este livro?
O silêncio da água
Todos os nomes
Viagem a Portugal
A viagem do elefante

JOSÉ SARAMAGO

ALABARDAS, ALABARDAS, ESPINGARDAS, ESPINGARDAS

Com textos de
Fernando Gómez Aguilera
Luiz Eduardo Soares
Roberto Saviano

Ilustrações
Günter Grass

Copyright © Herdeiros de José Saramago, 2014
Copyright dos textos complementares © 2014 by Fernando Gómez Aguilera, mediante acordo com Literarisch Agentur Mertin Inh. Nicole Witt e.K., Frankfurt am Main, Alemanha; © 2014 by Luiz Eduardo Soares; © 2014 by Roberto Saviano.
Todos os direitos reservados.

No texto de José Saramago a editora manteve a grafia vigente em Portugal, observando as regras do Acordo Ortográfico da Língua Portuguesa de 1990.

Capa:
Alceu Chiesorin Nunes

Ilustrações:
Gravuras retiradas do livro Günter Grass: Hundejahre, *edição ilustrada de aniversário* © *Steidl Verlag, Göttingen, 2013, mediante acordo com Literarische Agentur Mertin Inh e.K., Frankfurt am Main, Alemanha*

Tradução dos textos complementares:
Eduardo Brandão e Federico Carotti

Preparação:
Huendel Viana

Revisão:
Marina Nogueira

Dados Internacionais de Catalogação na Publicação (CIP)
(Câmara Brasileira do Livro, SP, Brasil)

Saramago, José, 1922-2010
 Alabardas, alabardas, espingardas, espingardas / José Saramago; com textos de Fernando Gómez Aguilera, Luiz Eduardo Soares, Roberto Saviano. — 1ª ed.— São Paulo : Companhia das Letras, 2014.

ISBN: 978-85-359-2490-9

1. Romance português I. Gómez Aguilera, Fernando. II. Soares, Luiz Eduardo. III Saviano, Roberto. IV. Título.

14-09305   CDD-869.3

Índice para catálogo sistemático:
1. Romances : Literatura portuguesa   869.3

[2014]
Todos os direitos desta edição reservados à
EDITORA SCHWARCZ S.A.
Rua Bandeira Paulista, 702, cj. 32
04532-002 – São Paulo – SP
Telefone: (11) 3707-3500
Fax: (11) 3707-3501
www.companhiadasletras.com.br
www.blogdacompanhia.com.br

SUMÁRIO

ALABARDAS, ALABARDAS,
    ESPINGARDAS, ESPINGARDAS 7
Anotações de José Saramago 59

Um livro inconcluso, uma vontade consistente,
    por Fernando Gómez Aguilera 63

A violência segundo Saramago,
    por Luiz Eduardo Soares 79

Eu também conheci Artur Paz Semedo,
    por Roberto Saviano 91

ALABARDAS, ALABARDAS, ESPINGARDAS, ESPINGARDAS

1

O homem chama-se artur paz semedo e trabalha há quase vinte anos nos serviços de faturação de armamento ligeiro e munições de uma histórica fábrica de armamento conhecida pela razão social de produções belona s.a., nome que, convém aclarar, pois já são pouquíssimas as pessoas que se interessam por estes saberes inúteis, era o da deusa romana da guerra. Nada mais apropriado, reconheça-se. Outras fábricas, mastodônticos impérios industriais armamentistas de peso mundial, se chamarão krupp ou thyssen, mas esta produções belona s.a. goza de um prestígio único, esse que lhe advém da antiguidade, baste dizer-se que, na opinião abalizada de alguns peritos na matéria, certos petrechos militares romanos que encontramos em museus, escudos, couraças, capacetes, pontas de lanças e gládios, tiveram a sua origem numa modesta forja do trastevere que, segundo foi voz corrente na época, havia sido estabelecida em roma pela mesmíssima deusa. Ainda não há muito tempo, um artigo publicado numa revista de arqueologia militar ia ao ponto de defender que alguns recém-descobertos restos de uma funda balear provinham dessa mítica forja, tese que logo seria rebatida por outras autoridades científicas que alegaram que, em tão remotos tempos, a temível arma de arremesso a que se deu o nome de funda balear ou catapulta ainda não havia sido inventada. A quem isso possa interessar, este artur paz semedo não é nem solteiro, nem casado, nem divorciado, nem viúvo, está simplesmente separado da mulher, não porque ele assim o tivesse querido, mas por decisão dela, que, sendo militante pacifista convicta, acabou por não suportar mais tempo ver-se ligada pelos laços da obrigada convivência doméstica e do dever conjugal a um faturador de uma empresa produtora de armas. Questão de coerência, simplesmente, tinha explicado ela então. A mesma coerência que já a havia levado a mudar de nome, pois, tendo sido batizada como berta, que era o nome da avó materna, passou a chamar-se oficialmente felícia para não ter de carregar toda a vida com a alusão direta ao canhão ferroviário alemão que ficou célebre na primeira guerra mundial por bombardear paris de uma distância de cento e vinte quilómetros. Voltando a artur paz semedo, há que dizer que o grande sonho da sua vida profissional é vir a ser nomeado responsável pela faturação de uma das secções de armas pesadas em vez da miuçalha das munições para material ligeiro que tem sido, até agora, a sua quase exclusiva área de trabalho. Os efeitos psicológicos desta entranhada e não satisfeita ambição intensificam-se até à ansiedade nas ocasiões em que a administração da fábrica apresenta novos modelos e leva os empregados a visitar o campo de provas, herança de uma época em que o alcance das armas era muito menor e agora impraticável para qualquer exercício de tiro. Contemplar aquelas reluzentes peças de artilharia de variados calibres, aqueles canhões antiaéreos, aquelas metralhadoras pesadas, aqueles morteiros de goela aberta para o céu, aqueles torpedos, aquelas cargas de profundidade, aquelas lançadeiras de mísseis do tipo órgão de estaline, era o maior prazer que a vida lhe podia oferecer. Notava-se a ausência de tanques no catálogo da fábrica, mas era já público que se estava preparando a entrada de produções belona s.a. no mercado respectivo com um modelo inspirado no merkava do exército de israel. Não podiam ter escolhido melhor, que o digam os palestinos. Tantas e tão fortes emoções quase faziam perder o conhecimento ao nosso homem. À beira do delíquio, pelo menos assim o cria ele, balbuciava, Água, por favor, deem-me água, e a água sempre aparecia, pois os colegas já iam de sobreaviso e imediatamente lhe acudiam. Aquilo era mais uma questão de nervos que outra coisa, artur paz semedo nunca chegou a desfalecer por completo. Como se está vendo, o sujeito em questão é um interessante exemplo das contradições entre o querer e o poder. Amante apaixonado das armas de fogo, jamais disparou um tiro, não é sequer caçador de fim de semana, e o exército, perante as suas evidentes carências físicas, não o quis nas fileiras. Se não trabalhasse na fábrica de armamento, o mais certo é que ainda hoje estivesse a viver, sem outras aspirações, com a sua pacifista felícia. Não se pense, no entanto, que se trata de um homem infeliz, amargado, desgostoso da vida. Pelo contrário. A estreia de um filme de guerra provoca-lhe um alvoroço quase infantil, é certo que nunca perfeitamente compensado, pois a ele tudo quanto vê lhe parece pouco, sejam rajadas de metralhadora, combates corpo a corpo, bombas arrasa-quarteirões, tanques disparando e esmagando tudo o que encontram pelo caminho, e até mesmo algum exemplar fuzilamento de desertores. Em verdade, perante o convulso e tumultuoso ecrã, com a aparelhagem sonora subida ao máximo de decibéis, artur paz semedo é, pelo menos em espírito, com perdão da contradição em termos, a perfeita encarnação da deusa belona. Quando não há filmes bélicos em exibição nos cinemas, recorre à sua variada coleção de vídeos, a qual vai do antigo ao recente, sendo a joia do conjunto a grande parada de mil novecentos e trinta, com john gilbert, o galã de bigodinho a quem o sonoro arruinou a carreira, pois a voz dele era aguda, quase esganiçada, a modo de mau tenor ligeiro de opereta, nada própria de um herói de quem se espera que levante um batalhão das trincheiras só com gritar Ao ataque. A maior parte dos filmes da coleção são norte-americanos, embora haja também alguns franceses, japoneses e russos, como é o caso, respectivamente, de a grande ilusão, de ran e do couraçado potemkine. Ainda assim, a produção de hollywood é

maioritária na coleção, onde saltam à vista, por exemplo, títulos como apocalypse now, o dia mais longo, para além da linha vermelha, os canhões de navarone, cartas de ywo jima, a batalha de midway, rumo a tóquio, patton, pearl harbour, a batalha das ardenas, à procura do soldado ryan, a jaqueta metálica. Um autêntico curso de estado-maior.

Um dia artur paz semedo leu no jornal que a cinemateca da cidade iria passar o filme l'espoir de andré malraux, uma obra sobre a guerra civil espanhola rodada em mil novecentos e trinta e nove. Seria uma boa ocasião para se informar em pormenor do que havia sucedido no conflito em que a frente popular vigente no país vizinho fora vencida por uma coligação fascista em que participaram camisas castanhas alemães, camisas negras italianos, mouros a cavalo e viriatos, que foi como chamaram aos portugueses voluntários ou contratados para ir lá disparar uns tiros. Não vira o filme, não sabia sequer que se tratava de uma adaptação de um livro com o mesmo título, também de andré malraux. Homem de números e de faturas, deste artur paz semedo não se pode dizer que alguma vez tenha sido leitor entusiasta, quando muito devemos considerá-lo como um ledor relativamente aplicado, daqueles que, de vez em quando, por uma razão ou outra, ou mesmo sem qualquer razão especial, consideram ser sua obrigação de cidadãos ler tal ou tal livro e, lançados ao louvável trabalho, poderemos ter a certeza, salvo motivo de força maior, de que não irão saltar uma única linha. Embora, como já se deve ter mais ou menos inferido do que vem sendo relatado, as coincidências entre a sua maneira de ser e pensar e a história que ali se narrava não abundassem, bem pelo contrário, tinha-se emocionado até às lágrimas com as imagens que no filme mostram a descida da serra de teruel, aqueles mortos e aqueles feridos transportados aos ombros dos companheiros, passando entre os punhos cerrados das filas de gente das aldeias próximas que haviam acudido ao resgate. Por isso, com lógica ou sem ela, decidiu que era sua obrigação de apreciador de filmes bélicos e empregado de produções belona s.a. ler um livro que precisamente tratava de uma guerra. Procurou-o nas livrarias, mas não o encontrou. Que era uma obra já antiga, sem procura de público que justificasse novas encomendas, disseram-lhe, talvez a descubra por aí, em algum desses alfarrabistas. Artur paz semedo seguiu o conselho e, à terceira loja, finalmente, a fome, como costuma dizer-se, deu em fartura, foram-lhe mostrados nada menos que dois exemplares, um em francês, outro traduzido, ambos em estado de conservação e limpeza bastante razoável, Qual deles vai levar, perguntou o livreiro. Artur paz semedo conservava algumas luzes da língua de molière, herança difusa dos seus tempos de liceu, mas temeu que a escrita do autor estivesse muito acima das suas capacidades de compreensão e optou por uma solução salomónica, Levo os dois. Os livros não eram caros, mas, ainda assim, o livreiro fez-lhe um pequeno abatimento. Na venda de armas também era costume fazer descontos, dessa matéria sabia ele tudo, uma variedade tal de comissões que, em alguns casos particulares, chegavam a ameaçar a própria margem de lucro da empresa. Enfim, como não diz a sabedoria popular, mas poderia dizê-lo, Se queres vir a colher um dia, arregaça as mangas e semeia agora. Cada negócio tem os seus preceitos, também este livreiro, fazendo o abatimento, apostava na possibilidade de que o novo cliente voltasse a empurrar-lhe a porta da loja. A ideia de artur paz semedo ao comprar os dois exemplares do livro era tão óbvia como brilhante, teria sempre à mão a tradução do livro para o ajudar a vencer as dificuldades que viesse a encontrar na decifração do original. Nessa mesma noite, depois de jantar, sentou-se na sua poltrona favorita, abriu l'espoir e avançou pela guerra civil de espanha dentro. Logo às primeiras linhas percebeu que sem o auxílio da tradução nunca lograria levar a bom termo a aventura literária em que se havia metido. Além da complexidade própria da narrativa e do estilo um tanto sobrecarregado do autor, ao menos para seu gosto, notava-se a presença de uma linguagem militar fora de moda que constantemente se vinha intrometer na história, tornando-a por vezes pouco acessível a um espírito habituado às táticas e estratégias da modernidade. Fosse como fosse, artur paz semedo desfrutava como um rei. Mal sabia ele, pobre coitado, o que o esperava. Ao cabo de uma semana de disciplinada e atentíssima leitura, quando já se estava aproximando do desenlace do livro, umas poucas palavras, de súbito, vieram sacudir-lhe a alma, o espírito, o corpo, enfim, tudo quanto nele fosse susceptível de ser abalado. Eis a brevíssima passagem responsável pelo sucesso, "O comissário da nova companhia pôs-se de pé: 'Aos operários fuzilados em Milão por terem sabotado obuses, hurra'". Dez palavras simples, correntes, uma só linha de texto, nada mais claro, não podia haver a menor confusão. Apesar disso, consultou nervosamente a tradução, e ali estava tudo, posto na sua própria língua, operários, sabotagem, fuzilamento. Nenhum dúvida era permitida, nenhuma retorcida exegese, contra o que é seu costume, poderia vir meter-se aonde não havia sido chamada para afirmar que o que é, não é tanto. Artur paz semedo, cuja requintada sensibilidade não constitui segredo para ninguém, recordem-se as suas reações nervosas na apresentação das novas armas, percebeu em si um rápido lampejo de comiseração pela sorte dos pobres diabos, mas que imediatamente deu passagem a uma frase impiedosa que teve o escrúpulo de pronunciar em voz alta para que constasse, Não se podem queixar, tiveram o que procuravam, quem semeia ventos colhe furacões, isto foi o que ele disse. Mas não ficou por aqui. Uma irritação surda, subterrânea, que não conseguiu dominar, veio de repente à tona, e, em lugar do homem simples que tinha oferecido as suas lágrimas ao filme de malraux, apareceu, intolerante, intratável o empregado das faturas de produções belona s.a., tão afeiçoado a instrumentos bélicos que não podia suportar a simples ideia de que alguém se atrevesse a sabotá-los. Além de um crime grave de lesa-economia no seu setor industrial, tomava-o como uma ofensa que pessoalmente lhe tivesse sido feita. Custará ao leitor acreditar que sentimentos como estes, tão explicados, tão precisos na sua enunciação, se tivessem manifestado em sequência, como se de páginas sucessivas de um livro se tratasse. A realidade do que aconteceu na cabeça de artur paz semedo foi diferente, a comiseração, a falta de piedade e a irritação, ainda que centradas em si mesmas, tinham aparecido misturadas umas com as outras, opondo-se, contradizendo-se, afirmando-se, portanto impossíveis de examinar como se se tratasse de uma coisa só. O sentir humano é uma espécie de caleidoscópio instável, mas, neste caso, o que importará deixar claro é que a reação prevalecente foi a contrariedade, o desagrado, a zanga. Foram eles que levaram artur paz semedo a não continuar a ler o livro de malraux, para seu desgosto, e profundo, já lhe bastava o que tinha acabado de sofrer. Desde o princípio do mundo que havia armas e não morria mais gente por isso, morriam os que tinham de morrer, nada mais. Uma bomba nuclear levava pelo menos a vantagem de abreviar um conflito que doutra maneira se poderia arrastar indefinidamente, como foi o caso, antigamente, da guerra dos trinta anos, e a outra, a dos cem, quando já ninguém esperava que alguma vez pudesse voltar a haver paz. Nesta altura lembrou-se de felícia, seria simpático da sua parte informá-la do que o livro de malraux narra. Se ela não o tivesse

lido, os seus sentimentos pacifistas lho agradeceriam. A irritação diminuíra, situava-se agora num nível facilmente suportável, como uma contrariedade corrente, por exemplo, uma porta a ranger, uma torneira a pingar, o cão que não se cala. Começou a marcar o número do telefone, mas desligou a meio. Pensou que podia suceder que ela estivesse acompanhada, sabe-se lá, ou, pelo contrário, sabe-se bem de mais, o que a chamada iria interromper ou perturbar, ela talvez a sussurrar a alguém, Deixa, deixa tocar, estamos ocupados, não será nada de importância. Artur paz semedo olhou a página do livro, viu os operários fuzilados, os morteiros inutilizados e, sem mais hesitação, voltou a marcar, desta vez até ao fim. O telefone deu três sinais e ela respondeu, Estou, Sou eu, o artur, Já sabia, vi aqui o teu número, Desculpa vir ligar-te a esta hora, Ainda não é tarde, Aconteceu-me uma coisa de que gostaria de te falar, Algum problema, perguntou ela, Problema, não direi, mas estou com o espírito confuso, Se isso é por causa de alguma mulher que acabaste de conhecer, desejo-te as maiores felicidades, Qual mulher, qual nada, tenho coisas mais importantes em que pensar, Olha que seria digna de exame essa tua preocupação, pelo menos assim me parece, de quereres que acredite que não tens

andado com ninguém depois de eu ter saído de casa, Ande ou não ande, não é da tua conta, não te diz respeito, Muito bem, explica-me então por que tens a cabecinha confusa, Há uma semana fui à cinemateca para ver um filme chamado l'espoir, Também o vi, estive lá anteontem, É uma história comovedora, sobretudo aquela descida da serra de teruel, Custa a segurar as lágrimas, é certo, Eu confesso que chorei, disse artur paz semedo, Já to disse, também eu, disse felícia. Houve um silêncio. Podia-se pensar que estavam contentes por terem partilhado uma emoção tão forte, quem sabe se por coincidência sentados na mesma cadeira do cinema, mas nunca o reconheceriam, fazê-lo seria dar uma mostra de debilidade sentimental de que o outro poderia vir a aproveitar-se. Todo o cuidado é pouco com os casais separados. Afinal, perguntou felícia, que tinhas tu para me contar, Depois do filme, achei que devia ler o livro deste malraux, mas em má hora o fiz, Porquê, Já perto do fim há uma referência a uns operários que foram fuzilados em milão por terem sabotado obuses, E depois, Parece-te mal, perguntou ele, Nem mal nem bem, só me parece justo que eles o tivessem feito, Justo, justo, escandalizou-se artur paz semedo, fazendo vibrar de indignação a membrana interior do aparelho, Sim, não só justo, como necessário, uma vez que estavam contra a guerra, Claro, e agora estão mortos, A gente de alguma coisa tem de morrer, Fica-te mal o cinismo, aliás não me admira, sempre foste como uma pedra de gelo, Tu, sim, que és cínico ao exibir essa falsa virtude ofendida, e, quanto à pedra de gelo, peço meças, O que faço é defender o meu trabalho, graças ao qual pudeste viver uns quantos anos, Realmente, és um cavalheiro, se ainda não te havia agradecido a caridade, disse felícia, agradeço-ta agora, Deveria saber que iria arrepender-me de ter telefonado, Podes cortar a ligação quando quiseres, mas já agora peço-te que me dês tempo para contar-te uma história parecida que com certeza não conheces, é um minuto, não preciso de mais, Estou a ouvir, Li em tempos, não recordo onde nem exatamente quando, que um caso idêntico sucedeu na mesma guerra de espanha, um obus que não explodiu tinha dentro um papel escrito em português que dizia Esta bomba não rebentará, Isso deve ter sido obra do pessoal da fábrica de braço de prata, eram todos mais ou menos comunistas, Nessa altura parece que havia poucos comunistas, E algum que não o fosse, seria anarquista, Também pode ter sido gente da tua fábrica, Não temos cá disso, Braço de prata ou braço de ouro, o gesto é idêntico, com a diferença importante de que neste caso ninguém terá sido fuzilado, ao menos que se tivesse sabido, Ao contrário do que pareces pensar, não reclamo fuzilamento para os culpados de crimes como esse, mas apelo para o sentido de responsabilidade das pessoas que trabalham nas fábricas de armas, aqui ou em qualquer outro lugar, disse artur paz semedo, Sim, o mesmo tipo de responsabilidade que fez com que nunca tivesse havido uma greve nessas fábricas, Como o sabes, Teria sido notícia mundial, teria entrado na história, Não se pode discutir contigo, Pode, é o que temos estado a fazer, Devo desligar, Antes, ainda te dou uma sugestão para as horas vagas, Não tenho horas vagas, Pobre de ti, mouro de trabalho, Que sugestão é essa, Que investigues nos arquivos da empresa se nos anos da guerra civil de espanha, entre trinta e seis e trinta e nove, foram vendidos por produções belona s.a. armamentos aos fascistas, E que ganharia eu com isso, Nada, mas aprenderias mais alguma coisa do teu trabalho e da vida, O arquivo da empresa só pode ser consultado com autorização da administração, Usa a imaginação, inventa um motivo, creio que és um dos meninos bonitos desses criminosos, para alguma coisa te haverá de servir, Tenho de desligar, Já o havias dito antes, Desculpa ter-te incomodado, Pelos vistos, o incomodado és tu. Boas noites, Boas noites. Dez minutos o telefone de artur paz semedo tocou. Era felícia, Não procures encomendas assinadas pelo general franco, não as encontrarias, os ditadores só usam a caneta para assinar condenações à morte. E desligou antes de que ele pudesse responder.

2

Todos estaremos de acordo em que uma noite mal dormida não é a melhor preparação para um dia de trabalho satisfatoriamente produtivo. Amaldiçoada a hora em que me lembrei de telefonar a essa mulher, razão tinha a minha avó sebastiana quando dizia que por bem fazer, mal haver, assim se lamentava artur paz semedo enquanto, a muito custo, lá ia conseguindo despegar-se dos lençóis, e continuou, Não conheço ninguém mais irritante, com aquela complicada maneira de raciocinar até as palavras mais inocentes parecem mal intencionadas. Tomou o pequeno-almoço a correr, saltou dois semáforos vermelhos no caminho, mas, pela primeira vez na sua vida, pelo menos que se recordasse, chegou ao trabalho já com o livro de ponto fechado. Desculpou-se o melhor que pôde ao superior imediato e foi ocupar o seu lugar. Ali sentia-se mais seguro, protegido pela impecável arrumação da mesa e pela aura de respeitabilidade que, com o tempo, havia criado na secção da contabilidade que estava a seu cargo. Para artur paz semedo, às pessoas que consigo trabalhavam nunca as tinha visto como colegas ou companheiros, mas como subordinados. Também entre as armas há diferenças, a uma metralhadora ligeira não lhe passa pela cabeça sentir-se ofendida por não poder competir com um canhão de tiro rápido. Na sua especialidade, artur paz semedo era isso mesmo, um canhão de tiro rápido. Agora que o trabalho está distribuído e dadas as pertinentes instruções ao pessoal sob as suas ordens, pode, enfim, ligar o computador e ler o correio. Não ficou surpreendido por encontrar uma mensagem da mulher. Felícia é assim, uma espécie de dobermane que quando finca os dentes na canela de um pobre desgraçado não a larga nem a cacete. Eis o que a mensagem dizia, Espero que tenhas dormido bem. Eu, como o anjo que sou. Sem querer meter-me na tua vida, gostaria de te recomendar que, quando falares com a administração, não te esquecesses de usar o termo comparativo, que a tua ideia consiste num estudo comparativo e integrado, mete também o integrado, entre a contabilidade praticada no tempo e a de agora, vais ver como os impressionas. E terminava com estas sibilinas palavras, Que tenhas a sorte que mereças. Durante quase uma semana, em tons diversos, desde o simples e natural interesse amistoso até à ironia mais escarninha como foi aquela pergunta, Ainda aí estás, que fez enfurecer artur paz semedo, as mensagens sucederam-se. Era infalível. Aberto o computador, ela lá estava, o único que lhe faltava era a fotografia e a assinatura caligrafada. Mesmo não assinando o que escrevia, dava razão e ao mesmo tempo ampliava a célebre sentença de buffon, o estilo é o homem, mas é também a mulher. Inclusive no uso dos silêncios, de todas as armas a mais poderosa. Um dia o ecrã apareceu deserto de injunções, provocações ou recados, como se ela estivesse a dizer-lhe, Faze o que quiseres, comigo não contes. Foi remédio santo. Nessa mesma tarde, artur paz semedo encheu-se de coragem e manifestou ao superior direto o seu desejo de ser recebido pelo administrador-delegado da companhia, ainda não há muitos anos eleito para o cargo e de quem nas murmurações de refeitório se dizia que era pessoa acessível, simpática com os inferiores. A solicitação seguiu o seu curso, a resposta veio três dias depois, que sim, que o senhor administrador-delegado mandaria chamar o peticionário logo que tivesse uns minutos disponíveis. Ainda tardou quase uma semana. Nesse meio tempo, nem felícia pediu notícias nem artur paz semedo lhas deu. Era evidente que estavam a castigar-se um ao outro. Os dias de espera começaram por ser para artur paz semedo de intenso desassossego e muito papel amarrotado. Vezes sem conto expendeu por escrito, em mal ordenados parágrafos, o que lhe ia parecendo serem os melhores argumentos para convencer o administrador a autorizar a sua descida às profundidades do arquivo. As suas razões, enquanto as ia arrumando na folha de papel, pareciam-lhe não simplesmente persuasivas, mas indiscutíveis, porém, a simples leitura posterior do escrito logo lhe mostrava a fragilidade dos seus esforços redatoriais. Desistiu. Antes, ainda pensou em pedir conselho a felícia, mas achou que fazê-lo iria em menoscabo da sua dignidade. Curiosamente, embora o tivesse tentado, não conseguiu encaixar nos rascunhos as palavras em que ela tanto havia insistido, isto é, o comparativo e o integrado. Temia que o administrador lhe perguntasse o que queria significar com elas, sobretudo o termo integrado, que logo se lhe tornou claro não ser de fácil manejo dialético. Iria portanto à guerra com as armas da guerra passada e o senhor deus dos exércitos que decidisse, que para isso tinha poder. Artur paz semedo não era crente praticante, mas o hábito, ainda que não seja o monge, alguma vez poderá fazer-se passar por ele, assim a ocasião dê um jeito. Artur paz semedo confiava que a ocasião ajudasse, por isso é que se diz de alguém estar ou não estar à altura da oportunidade, é tudo questão de sorte. Quando finalmente lhe vieram dizer que o administrador o esperava, levantou-se com aparente firmeza da cadeira e com a mesma aparente firmeza percorreu os amplos corredores que o levavam ao santo dos santos de produções belona s.a., isto é, o gabinete de trabalho do máximo responsável da empresa. Recebeu-o a secretária, que lhe pediu que esperasse um minuto, mas foi só passado quase um quarto de hora e após haver atendido uma chamada interna, que entreabriu a porta de comunicação com a sala ao lado e anunciou, Senhor administrador, está aqui o senhor paz semedo. Uma voz clara, correta, bem modulada, disse, Que passe. Artur paz semedo experimentou algumas dificuldades em mover-se em linha reta, mas, melhor ou pior, conseguiu atravessar o espaço até à enorme secretária atrás da qual o administrador esperava, de pé. Ao gesto dele, artur paz semedo sentou-se, pondo todos os cuidados em não se instalar na poltrona antes do patrão. A boa educação está feita de pormenores como este, que só os espíritos grosseiros desdenham. O administrador é um homem de quarenta e dois anos, bem parecido, moreno de sol e de desportos ao ar livre, vela, golfe, ténis, enfim, vida de country and sea. Sobre a secretária vê-se uma pasta pouco volumosa que sem dúvida conterá, em papéis e anotações, o essencial da vida e do percurso profissional de artur paz semedo. O administrador abriu-a e tornou a fechá-la, cruzou os dedos e perguntou, Que assunto o traz aqui, se é um pedido de aumento de ordenado deve saber que tais questões não se tratam a este nível, De modo algum, senhor administrador, respondeu artur paz semedo numa voz que falhou mais que uma vez, Então, quê, Tive uma ideia, senhor administrador, Em princípio, todas as ideias são bem-vindas, sobretudo se forem sensatas, e até mesmo alguma disparatada pode servir à falta de melhor, diga-me qual foi então a sua, Um estudo, senhor administrador, Que espécie de estudo, Analisar o nosso antigo sistema contabilístico, por exemplo, dos anos trinta, em comparação com o que utilizamos atualmente, Para quê, Pareceu-me interessante, senhor administrador, Interessante não digo que não seja, não sou entendido nessas matérias, mas confesso que não lhe vejo qualquer utilidade, suponho que não pretenderia chegar à conclusão de que o antigo sistema era melhor e que portanto deveríamos regressar a ele, Seria apenas um estudo, senhor administrador, sem mais finalidade, Portanto, inútil em minha opinião, Creio que tem toda a razão, senhor, reconheço que não teria qualquer utilidade prática para os tempos de hoje, afinal cometi um erro de apreciação, peço que me desculpe o tempo que estou a roubar-lhe. O administrador abriu a pasta, folheou os documentos que continha, o rápido sorriso que lhe passou pelos lábios foi provocado pela informação sobre o comportamento do empregado de cada vez que havia mostra de armas, depois perguntou, E porquê esse seu interesse pelos anos trinta, Foi uma época de guerras, a de espanha, a que veio a seguir, a segunda guerra mundial, sem esquecer a da itália contra a etiópia, a do chaco, em que bolivianos e uruguaios, segundo li, andaram três anos a matar-se, e algumas mais, que nunca faltam, pensei que teria sido um tempo de grande atividade para a empresa, com efeitos contabilísticos importantes, Por outras palavras, que devemos ter ganho muito dinheiro, Poderá dizer-se assim, senhor administrador, mas esse é um assunto que não me diz respeito, nunca me atreveria, a minha intenção era simplesmente de natureza profissional e técnica. O contabilista estava encantado consigo mesmo, com a fluência das palavras que lhe iam saindo da boca, a liberdade de exposição, a inesperada sobriedade argumental, ainda por cima sem ter precisado de recorrer aos empecilhos do comparativo e do integrado. Se felícia estivesse ali perceberia, enfim, a espécie de marido que havia abandonado. Houve um silêncio, parecia que a entrevista ia terminar, mas o administrador, num tom que não se esperaria dele, distante, como se estivesse fatigado ou inquieto, disse, Todos os países, quaisquer que sejam, capitalistas, comunistas ou fascistas, fabricam, vendem e compram armas, e não é raro que as usem contra os seus próprios naturais. Na boca do administrador de uma fábrica de armamento estas palavras quase soavam a blasfémia, como se tivesse dito, É assim, mas não o deveria ser. Evidentemente não se esperaria que artur paz semedo respondesse, Não temos outro mundo, e de facto não se atreveu a tal. Aos pensamentos íntimos, (,) há que respeitá-los, mesmo quando se tornaram explícitos. Houve um novo silêncio. Para dar a entender que estava pronto para se retirar e regressar ao seu lugar na faturação, artur paz semedo moveu-se discretamente na poltrona, mas o administrador ainda tinha algo para dizer, Creio ter ficado claro que a sua ideia de um estudo comparativo das contabilidades das duas épocas fica posta de parte por despropositada e inútil, seria um desperdício de tempo que a empresa não pode permitir-se, Assim é, senhor administrador, interrompeu artur paz semedo, Em todo o caso, responda-me a esta pergunta, esse seu interesse pelos anos trinta vem de antes ou é coisa recente, É recente, há duas ou três semanas vi na cinemateca um filme passado na guerra civil de espanha chamado l'espoir e comecei a pensar, Pensou que valeria a pena investigar os negócios da empresa nesses anos, Isso não, senhor administrador, como já tive ocasião de dizer, mas pensei que era impossível que uma empresa tão conceituada como produções belona s.a. não tivesse tido alguma participação no assunto, Como fornecedora de armamento, Sim, senhor administrador, como fornecedora de armamento, nada mais, E isso seria bom, ou seria mau, Depende do ponto de vista, E o seu, qual é, Sendo empregado da empresa, desejo que ela prospere, se desenvolva, E como cidadão, como simples pessoa, Embora tenha de reconhecer que gosto de armas, devo preferir, como toda a gente, que não haja guerras, Toda a gente é muito dizer, pelo menos os generais não estariam de acordo consigo. O administrador fez uma pausa e rematou, E tão-pouco os administradores das fábricas de armamento, Guerras sempre as houve e haverá, disse artur paz semedo num tom desnecessariamente doutoral, o homem é um animal guerreiro por natureza, está-lhe na massa do sangue, Soa bem, senhor semedo, é uma boa definição, Obrigado, senhor administrador, é muita amabilidade a sua. A pasta tornou a ser aberta, depois fechada, já era hora de pôr termo à conversação. Desta vez artur paz semedo achou que devia ser ele a levantar-se. Fê-lo com a costumada discrição, dizendo, Se o senhor administrador permite que me retire, Faça favor, respondeu o administrador, estendendo-lhe a mão. Afinal, a ideia de felícia tinha dado em nada. Muito esperta, muito esperta, porém, para questões empresariais não serve, murmurava paz semedo enquanto, vencido, mas não desanimado, regressava ao seu lugar, deixa lá que não perderás pela demora, hei-de cantar-tes na primeira ocasião, ou não me chame eu artur.

Nessa noite, para fazer conversa, o administrador contou ao pai, cujo lugar em produções belona s.a. havia herdado, o extraordinário caso de um funcionário que queria proceder a um estudo comparativo dos sistemas de contabilidade da empresa, o dos anos trinta e o atual, separados por quase cem anos, insinuando de caminho que naqueles anos e nos seguintes a fábrica deveria ter feito bons negócios com as guerras que então havia, Não o disse nestes precisos termos, mas era fácil de perceber aonde queria chegar, E tu, que fizeste, perguntou o pai, Tirei-lhe a ideia da cabeça, imagine-se um empregado ocupado durante semanas ou meses com frivolidades, não é coisa que esteja nas tradições da empresa, Em algo acertou ele, fizemos bons negócios nessa altura, bem melhores que os de agora, com esta concorrência desregrada, Sem esquecer o contrabando, Sim, e o contrabando. Parecia não haver mais nada a dizer sobre o assunto, mas pelo rosto do velho, de uns setenta e cinco anos ainda lúcidos e robustos, perpassou uma recordação que a ele próprio, por inesperada, o terá surpreendido, É curioso, acaba de vir-me à lembrança um episódio desse tempo, refiro-me à guerra civil de espanha precisamente, em que não pensava há muitos anos, Que foi, meu pai, Era então muito novo, não tinha qualquer responsabilidade de direção, mas o teu avô recomendara-me que andasse sempre com os olhos e os ouvidos bem abertos, que essa era a única maneira de aprender, E que foi que aprendeu, Percebi que havia problemas na fábrica, falava-se numa greve em preparação, houve mesmo algumas sabota-

gens, o resultado foi chamar-se a polícia para resolver o assunto antes que fosse demasiado tarde, A polícia, Sim, a polícia política, a secreta, como então se lhe chamava, E em que acabou isso, Vieram, levaram uns quantos operários da fundição e da serralharia, nunca mais soube o que foi feito deles, Não voltaram para a fábrica, Não, seria um mau exemplo readmiti-los, qualquer mostra de fraqueza da nossa parte incentivaria a indisciplina do pessoal, e bastantes dores de cabeça já nós tínhamos, Hoje reina a tranquilidade, a tranquilidade social, quero dizer, Que nunca é de fiar, disse o velho, é como a calma das águas profundas, aparência e nada mais.

No dia seguinte o administrador-delegado mandou chamar o empregado artur paz semedo para lhe dizer, Tenho estado a pensar que talvez fosse interessante fazer umas buscas no arquivo, Que tipo de buscas, senhor administrador, Papéis, relatórios, correspondência, pareceres, atas, memorandos, apontamentos, resumos de reuniões, coisas assim, em que, de uma maneira ou outra, apareça refletida a participação da empresa nos acontecimentos da época, Tudo nos anos trinta, Sim, Se me permite, recordo ao senhor administrador que para um trabalho como esse será necessária uma orientação, um critério, não pode servir qualquer documento só porque a mim me tenha parecido importante, O que encontrar, entrega-mo e eu decidirei, talvez sirva para compensar o ramerrame dos papéis que costumam vir parar a esta mesa, Creio que fiquei esclarecido, Lembre-se, o seu campo de ação limita-se aos anos trinta, às guerras que houve neles, O que já incluiria a segunda guerra mundial, Deixemos essa, o principal dela foi nos anos quarenta, disse o administrador, e prosseguiu, Pode começar quando quiser, vou dar ordem para que lhe seja entregue um livre-trânsito, qualquer problema que surja, fale com a minha secretária. Sim, senhor, disse artur paz semedo. Apertou a mão que o administrador lhe estendia e retirou-se. Não caminhava, voava. Entrou na sua secção com um ar de triunfador que ninguém lhe conhecia e que todos os subordinados, sem exceção, atribuíram a um substancial aumento de vencimento. Tão limitada é a imaginação da gente comum.

Duas ou três vezes por semana, artur paz semedo janta fora, maneira abreviada de dizer que vai comer a um restaurante. Quebra a rotina da refeição doméstica, pouco variada e só moderadamente apetitosa, uma vez que a arte culinária não é um dos seus dons, e distrai-se o melhor que pode com a paisagem humana. A alguns dos clientes já os conhece de vista, um ou outro são, como ele próprio, solitários, e é com esses que, embora sem mais comunicação verbal que o simples boas noites, a repetição dos encontros acabou por estabelecer uma espécie de cumplicidade tácita, sem causa real, apenas o suficiente para um meio sorriso e um aceno rápido de cabeça, que, no mesmo instante em que se manifesta, se retrai. No que artur paz semedo repara muito, agora que está separado, é no comportamento dos casais. Alguns, raros, vêm em ar de festa, são talvez recém-casados ainda no frescor da novidade, outros, como quem cumpre uma obrigação penosa, sentam-se em silêncio, em silêncio escolhem o que querem comer e em silêncio ficam à espera de que os sirvam. Se alguma palavra vêm a pronunciar depois é porque parece mal estar com uma pessoa à mesa e não conversar com ela, mesmo não sendo essa pessoa mais que o marido do costume e a esposa de sempre. Artur paz semedo recorda com uma pontinha de dorida saudade as vezes em que ele e felícia tinham comido fora e a animação dessas refeições em tête-à-tête, já que felícia adorava falar e não necessitava que o marido lhe servisse de contraponto, ela própria se encarregava de lançar os foguetes e correr a apanhar as canas. Esta recordação fez pensar a artur paz semedo que era sua obrigação informar a ex-mulher do acontecido na empresa, ex--mulher só de facto, que, de direito, continuava a ser a mesma que havia sido antes de ter batido com a porta. Afinal, a ideia de penetrar nos mistérios contabilísticos de produções belona s.a. tinha sido sua, e se era certo que o aventado estudo dos dois sistemas de contabilidade fora rejeitado pelo administrador, não era menos certo que esse havia sido, de palavra em palavra, o caminho para chegar ao melhor dos resultados possíveis, isto é, o livre-trânsito para investigar o que lhe desse na vontade, sem ter de dar mais contas que as atinentes ao marco temporal fixado. Sim, os anos trinta, mas ninguém o poderia impedir de espreitar o que acontecera nos quarenta e cinquenta. Artur paz semedo sentia-se como um sansão, capaz de derrubar com um sopro todas as colunas do templo e matar os filisteus de uma assentada, em menos de um amém. Tirou o telemóvel

do bolso e, sem hesitar, marcou o número de felícia. Olá, viva, disse ela, que é feito de ti, Tenho novidades, respondeu ele, mas não posso falar muito alto porque estou num restaurante, Se são assim tão importantes deverias ter ligado logo de casa, Pensei que ainda não terias chegado, mas agora já não aguentava mais e resolvi telefonar-te mesmo daqui, dá atenção, Sou toda ouvidos, Quanto às contabilidades, nada feito, não lhes interessa, mas vou ter um livre-trânsito para investigar sobre os anos trinta, Investigar, quê, perguntou felícia, Tudo o que parecer importante, incluindo as transações realizadas, De armas, foi a pergunta, Sim, respondeu ele, tudo, Como conseguiste, perguntou ela, sem poder evitar o tom de leve respeito com que lhe saíram as palavras, Disse o que tinha a dizer, ele escutou, e, depois de uma coisa e outra, chegou-se a este resultado, Fico contente, é muito mais do que esperávamos. Artur paz semedo gostou deste plural, era como se ela estivesse sentada no outro lado da mesa. O melhor de tudo foi ter-se atrevido a dizê-lo, Gostei desse plural, foram as palavras dele, Disse-as conscientemente, respondeu felícia, não saíram por acaso, E então, Falaremos depois. Disseram as palavras de despedida e desligaram. O criado, como se estivesse à espera deste sinal, veio pôr-lhe diante o bife com batatas fritas. Artur paz semedo, a quem sobrava fama de niquento, sentiu de repente uma fome de lobo.

3

O edifício de produções belona s.a. não faria má figura ao lado de qualquer palácio do barroco romano. É uma massa poderosa de quatro andares a que a frontaria, toda revestida de silhares, dá a aparência de algo atarracado, ideia que o interior desmentirá, pois os tetos são dos mais altos e as salas das mais espaçosas, nada que ver com os modernos cubículos em que as novas arquiteturas andam empenhadas em fazer-nos viver. Debaixo desta espécie de fortaleza está a cave, o subterrâneo, o arquivo histórico. Por muitos anos que viva, e é ainda suficientemente novo para vivê-los, artur paz semedo nunca esquecerá este dia, o solene momento em que se levantou da sua mesa de contabilista para baixar às profundezas do ignoto passado. Tinha consigo o livre-trânsito que deveria abrir-lhe todas as portas, o abre-te sésamo, a caverna de ali babá. Ao lado do elevador por onde havia descido encontra-se uma grande estrutura metálica, um potente monta-cargas cuja principal serventia é transportar para cima e para baixo os carros dos executivos de maior autoridade na empresa, começando pelo administrador-delegado. Vê-se, pela amostra, que um arquivo, não obstante a respeitabilidade inerente à sua função coletora, também pode ser utilizado como garagem, assim a porta para o exterior seja suficientemente ampla. Ao sair do elevador, o primeiro que se recebe na cara é o cheiro do papel velho, que não deve confundir-se com bafio, menos ainda neste lugar onde não se percebe o menor vestígio de humidade. Logo vem a surpresa causada pelas filas de poderosas colunas, ligadas por arcos de volta perfeita, que sustentam a enorme carga do edifício. A pouca distância, uma espécie de gaiola de madeira mostra, através das vidraças embaciadas pela poeira do tempo, dois homens trabalhando. São os encarregados do arquivo, um já de certa idade, que mais adiante se apresentará como arsénio, outro bastante mais novo, cuja graça é sesinando, superior na escala o primeiro, subordinado o segundo. O chefe é gordo e calvo, o ajudante tem o cabelo todo e é magro como um jejum. Ambos olham o intruso com desconfiança. Artur paz semedo tem consigo o livre-trânsito, poderia, portanto, dispensar-se de aproximações pessoais, mas o pensamento de que vai ter de passar muitas horas neste lugar e de que os dois homens lhe poderão vir a ser úteis dado o conhecimento que certamente terão dos materiais ali guardados, fê-lo aproximar-se com um sorriso conciliador nos lábios. Boas tardes, disse. O chefe resmungou algo, o magro repetiu-o como um eco obediente. Que deseja, perguntou o gordo arsénio, Por ordem do senhor administrador-delegado venho para fazer umas pesquisas, aqui está o livre-trânsito. O outro pegou no papel, percorreu-o rapidamente e sentenciou, Isto não serve, Não serve por quê, perguntou o subitamente frustrado aspirante a investigador, É apenas um livre-trânsito, pode andar por onde quiser, mas nada mais, Sim senhor, nada mais do que isso, completou o ajudante, Está assinado pelo administrador-delegado, é suficiente, Seria se não faltasse aqui uma referência clara ao objeto das pesquisas que se propõe fazer, Se é essa a dúvida, digo-lhe que se trata dos anos trinta, De que século, Do século vinte, Assim será, mas não está escrito, Pois claro, não está escrito, reforçou o auxiliar como se a sua opinião estivesse a faltar ao debate, E que faço agora, perguntou artur paz semedo, Traga-me um papel em que se especifique, preto no branco, o que pretende fazer aqui, respondeu o gordo, um papel assinado por alguém com autoridade, depois só lhe pedirei que não me desarrume demasiado as caixas dos arquivos, Que bom trabalho nos têm dado, rematou o ajudante sesinando. Perante a mais do que justificada resistência do arquivista chefe, artur paz semedo não teve outro remédio senão resignar-se, mas, para que a sua descida ao subterrâneo não tivesse sido de todo inútil, ainda perguntou, Onde estão os arquivos dos anos trinta, No vão entre a quinta e a sexta coluna, do outro lado, Do outro lado, estranhou artur paz semedo, Sim, as prateleiras são duplas, frente e costas, Ah, foi a resposta de paz semedo, no tom de um aluno apanhado em flagrante delito de ignorância, Quer mais alguma coisa, perguntou o gordo sem disfarçar a impaciência, arsénio é o meu nome, o do meu ajudante é sesinando, Muito prazer em conhecê-lo, senhor arsénio, Igualmente, respondeu o gordo, O mesmo digo, disse o magro, muito prazer em conhecê-lo, E o senhor, como se chama, quis saber o chefe arsénio, Peço que me desculpem, já deveria ter-me apresentado, o meu nome é artur paz semedo e sou responsável pela subsecção de faturação de armas ligeiras e munições. Foi a vez de se ouvir outro Ah, mas este duplo, algo desdenhoso o do chefe gordo, formal o do subalterno magro, que parecia não querer comprometer-se demasiado enquanto não visse mais explicadas as relações de autoridade neste pequeno círculo de três. Artur paz semedo compreendeu que era altura de retirar-se para território conhecido, regressar à sua mesa de trabalho, aos seus números, às suas faturas e, aí, esperar que os obstáculos levantados pelo chefe do arquivo fossem removidos por quem de direito. Sentado no seu lugar, ligou à secretária do administrador-delegado e deu-lhe conta do que se passara. Ela mostrou-se escandalizada por um simples empregado se atrever a questionar uma ordem da autoridade máxima da empresa, e de tal maneira o fez que artur paz semedo se sentiu obrigado, em nome da justiça e da equidade, a defender o homem, Ele tem lá as suas razões para pedir instruções claras que definam e protejam as responsabilidades de cada qual neste assunto, de modo a evitar que surjam proble-

mas no futuro. Agradou-lhe ver que a secretária se rendia à pertinência dos seus argumentos conciliatórios e que com esse espírito iria transmitir ao administrador--delegado as objeções, afinal compreensíveis, do chefe do arquivo. Como neste mundo não há nada inteiramente puro de segundas e terceiras intenções, artur paz semedo, com a mira posta em possíveis facilidades futuras, já pensava na melhor maneira de fazer chegar ao conhecimento do gordo arsénio um resumo da conversa com a secretária. Desta vez não houve que esperar muito. Passados dois dias a secretária fez chegar a artur paz semedo o seguinte papel assinado pelo administrador--delegado, O portador, senhor artur paz semedo, funcionário do serviço de contabilidade da empresa produções belona s.a., está autorizado a investigar livremente o arquivo na parte respeitante aos anos trinta do século passado, devendo apresentar ao administrador-delegado todo e qualquer documento que lhe pareça de interesse, segundo as orientações verbais que do mesmo administrador recebeu. Nenhum documento poderá sair do arquivo sem que seja fotocopiado previamente, com vista a garantir a proteção das responsabilidades dos funcionários intervenientes, os quais, em caso de conflito de competências, poderão, salvo decisão em contrário do administrador-delegado, reclamar a reintegração do ou dos documentos questionados. E terminava, Quando a investigação termine, todas as fotocópias deverão ser destruídas. Nada mais claro. A artur paz semedo agradou-lhe sobretudo o advérbio de modo livremente. Pela primeira vez na sua vida alguém, não uma qualquer pessoa, mas o próprio administrador-delegado, lhe havia reconhecido, não somente o direito, mas a obrigação estrita de ser livre no seu trabalho, e, por extensão lógica, em qualquer situação da vida. O sonho de uma transferência para o setor das amas pesadas valia bem pouco ao lado desta inesperada revelação. No dia seguinte, à primeira hora da manhã, artur paz semedo desceu ao subterrâneo. Ia sério, compenetrado das suas novas responsabilidades, e foi sem nervosismo nem ansiedade que saudou os suspicazes arquivistas, Bons dias, disse, espero que tenham passado bem desde que nos vimos. O chefe resmungou um bons dias mal humorado, o subordinado imitou-o o melhor que pôde e artur paz semedo estendeu a folha de papel aberta, Aqui está a autorização. O gordo pegou na ordem com as pontas dos dedos, como se temesse queimar-se, leu primeira vez e segunda, e disse, Muito bem, pode começar a trabalhar, sesinando acompanha-o aos anos trinta, Obrigado, respondeu artur paz semedo, antes, porém, devo dizer que houve certas dúvidas lá em cima sobre a pertinência das suas objeções, mas eu fiz ver que, pelo contrário, a sua negativa era mais do que justificada e que a empresa deveria agradecer-lhe a firmeza e a consciência profissional que havia demonstrado neste caso. Como sabemos, nós que temos sido testemunhas presenciais dos acontecimentos, esta última parte não corresponde à realidade do acontecido, mas, sem dúvida, burila a frase na perfeição. Burilar a frase é o mais importante nas comunicações entre humanos. Depois das explicações que recebera quando quis localizar os anos trinta, artur paz semedo poderia lá chegar por seu pé, mas sesinando já estava preparado para o guiar até ao eldorado da antiguidade noticiosa. Em cinquenta passos chegaram e sesinando disse, Pusemos-lhe aqui uma mesa para trabalhar, papel para tomar notas e esferográficas de cores diferentes, se precisar de alguma coisa mais é só dizer, foram as instruções do chefe, Afinal, o diabo não é tão feio como o pintam, aquele antipático arsénio que parecia disposto a ir pedir contas a um imprudente administrador-delegado que distribuía livres-trânsitos a qualquer bicho-careta, mostrava, depois de tudo, um espírito de colaboração nada habitual numa empresa que se caracterizava profissionalmente pelo salve-se quem puder, cada um por si e contra todos. O mais antigo está nas prateleiras de cima, mas creio que não lhe interessará, de todo o modo tem aqui uma escada de mão, só há que ter cuidado com o terceiro degrau, não está muito firme, avisou sesinando, Obrigado, disse artur paz semedo, os anos que mais me interessam são os últimos do decénio. A última palavra foi saboreada como um rebuçado preferido, mas raro, há palavras assim, objetivamente úteis por aquilo que significam, mas pretensiosas no discurso corrente, ao ponto de provocarem com frequência o comentário irónico de quem as escutou, Que fino fala este sujeito. Fino não estará a falar agora artur paz semedo, antes num sussurro inaudível a três passos, que só uma apuradíssima tecnologia fará chegar ao ouvido de felícia, Estou no arquivo, disse ele, e ela, de lá, Fala mais alto, parece que estás no fundo de um túmulo. Mal ela sabia quanta razão tinha, aquelas prateleiras, vergadas ao peso dos papéis, estavam carregadas de mortos que talvez tivesse sido preferível deixar entregues ao sono eterno em vez de os arrancar da obscuridade e da impotência resignada em que permaneciam há quase um século. A prudência manda que no passado só se deva tocar com pinças, e mesmo assim desinfetadas para evitar contágios. Após dois desesperantes minutos de incompreensão mútua, artur paz semedo conseguiu fazer chegar a felícia a informação de que já se encontrava no arquivo e se dispunha a iniciar o seu trabalho de investigador. Palavra puxa palavra, acabaram por combinar jantar juntos num dia próximo, Quero saber como conseguiste meter essa lança em áfrica, disse ela, Sou merecedor de confiança, respondeu ele e desligou. Aproximava-se sesinando, que trazia na mão um candeeiro de mesa, O chefe manda-lhe isto, tendo que consultar papéis antigos vai precisar de uma luz mais forte, Obrigado, não deixarei de lhe agradecer, Faça isso, faça, ele gosta. Artur paz semedo, que tinha estado a olhar com uma expressão preocupada as prateleiras carregadas de caixas de cartão, como quem, chegada a hora, hesita em deitar mãos à obra, observou, Não vejo aqui os livros de atas, Esses estão noutro sítio, todos juntos, por ordem cronológica, Pode levar-me lá, só para dar uma vista de olhos, perguntou artur paz semedo, Venha comigo, disse sesinando. Não andaram menos de uns vinte metros para chegar, uma alta estante também metida entre duas colunas que, tal como as outras, pareciam muito mais antigas que o resto do edifício, como se este tivesse sido levantado sobre antigas ruínas ainda em parte aproveitáveis, Aqui estão, disse sesinando, apontando as fileiras de livros, todos encadernados, os de capa preta são as atas das reuniões do conselho de administração, os de capa azul-escura são os das atas das assembleias gerais, Não penso que sejam de especial utilidade para o meu trabalho, Talvez, no entanto quero mostrar-lhe algo que lhe vai interessar. Sesinando subiu a um pequeno escabelo, estendeu um braço e retirou um volume azul, As atas de mil novecentos e trinta e três estão neste livro, anunciou. Folheou-o com a segurança de quem sabia o que procurava e onde encontrá-lo, e disse, Aqui está, leia isto. A ata era extensa, minuciosa ao extremo, contra o que é costume neste tipo de documentos, que em geral se limitam a resumir o fundamental dos debates. Obediente, artur paz semedo leu as primeiras linhas a meia voz, passou à constituição da mesa, mas sesinando decidiu antecipar-se, O assunto principal nessa assembleia foi discutir a proposta de alteração da razão social de armas belona para produções belona, como agora se chama, E que razões havia para essa mudança, perguntou artur paz semedo, Pensava-se então em alargar a atividade da empresa ao fabrico de maquinaria agrícola, Realmente, sendo assim não podia continuar a chamar-se armas belona, Exatamente, mas também é certo que a ideia não foi para diante, É um documento importantíssimo, não sei como agradecer-lhe a ajuda, disse artur paz semedo, Talvez lho diga um dia, a verdade é que estou cansado desta vida de toupeira, gostaria de me mudar lá para cima. Sopesando o livro como se o estivesse embalando, artur paz semedo disse, Se lhe puder ser útil conte comigo, e logo, como quem dá voz à ideia principal que o ocupava, Em mil novecentos e trinta e três o atual administrador-delegado ainda não era nascido, disse, Uns vêm, outros vão, respondeu sesinando, Graças à sua preciosa ajuda, logo no primeiro dia tenho algo para lhe levar, Eu não o faria, esperaria um tempo, digamos uma semana, Porquê, Porque é difícil crer numa causalidade como essa de descobrir um documento de tanto interesse mal pôs os pés no arquivo, Tem toda a razão, senhor sesinando, não devo precipitar-me, Chame-me sesinando, ao chefe há que chamar-lhe sempre senhor arsénio, mas para as pessoas com quem simpatizo, sesinando basta, Obrigado, foi uma sorte tê-lo conhecido, Espero não lhe dar motivos para se arrepender, Não mos dará a mim nem eu lhos darei a si, Que estes papéis o ouçam. Estranhou artur paz semedo a frase invocativa, como se as sombras do arquivo estivessem povoadas de divindades auxiliares que convinha aliciar para o lado de quem lá trabalhava, incluindo o recém-chegado, pelo tempo que durasse a sua missão. Sem saber que resposta dar a tão insólita declaração, artur paz semedo limitou-se a dizer que ia regressar aos anos trinta para iniciar as pesquisas de que havia sido encarregado. Como se a eloquência o tivesse abandonado depois do rapto inspirado, sesinando acompanhou-o em silêncio, que só foi interrompido por um aviso trivial, Faça o possível para não nos desorganizar as caixas. Quando os passos do simpático guia deixaram de se ouvir, artur

paz semedo tirou um papel do bolso e desdobrou-o. Era a lista, escrita de memória, dos materiais do arquivo que, na opinião do administrador-delegado, deveriam merecer atenção, a saber, relatórios, correspondência, pareceres, atas, memorandos, apontamentos, notícias de jornal, resumos de reuniões, coisas assim. Cria que não havia esquecido nada. Perguntou a si mesmo se deveria apontar-se já à busca, diretamente, da guerra civil de espanha ou dar uma vista de olhos pelos acontecimentos anteriores, por exemplo, a guerra do chaco entre a bolívia e o paraguai, principiada em mil novecentos e trinta e dois. A informação, colhida numa enciclopédia, servira-lhe às mil maravilhas na conversa com o administrador-delegado para exibir um saber histórico que, não resistindo ao mais ligeiro aprofundamento da questão, impressionou na altura o interlocutor. Ergueu os olhos e procurou a época que lhe interessava, tarefa do mais simples, pois havia letreiros de cartão a separar os anos, com a respectiva indicação a vermelho. Levantou-se, subiu a escada de mão o necessário para poder chegar acima com o braço estendido, tomando cuidado ao pisar o terceiro degrau como recomendara sesinando, e foi abrindo caixas até dar com os papéis de junho, mês do início das hostilidades, ocorrido precisamente no dia quinze do mês. Havia um recorte de jornal, publicado dois dias depois, com informações sumárias sobre as causas do conflito, sendo a mais recente delas o descobrimento de petróleo no sopé da cordilheira dos andes, na região do chaco boreal. Outra causa seria o facto de a bolívia não ter acesso ao mar e esta guerra ser a oportunidade de recuperá-lo, embora não o mesmo que antes, no norte, que esse fora-lhe cortado pelo chile há muitos anos. O mais interessante de tudo, porém, deveria ser a folha de papel dobrada que estava agrafada ao recorte. Com o coração dando-lhe saltos na garganta, artur paz semedo, com todo o cuidado, abriu-a para perceber, logo às primeiras palavras do manuscrito, que não se enganara. O avô do atual administrador-delegado dava instruções a alguém para informar-se a fundo do conflito, principalmente a composição dos exércitos em confronto, efetivos de infantaria e artilharia, origem dos respectivos armamentos e seus fornecedores, nomes das pessoas influentes que poderiam ser contatadas em ambos os países. Ao contrário do que seria de esperar num arquivo normal, com processos organizados onde se fossem recolhendo os documentos de forma contínua e coerente, respeitando a cronologia, aqui não era assim, ou sim, aqui o que primava era precisamente a cronologia, mas em termos absolutos, não relativos a cada assunto. Deste modo a resposta da pessoa consultada deveria estar adiante, mais ou menos perto, mais ou menos longe, consoante o acaso e a diligência do informador. Foi assim que artur paz semedo veio a saber que o exército boliviano dispunha de duzentos e cinquenta mil soldados, enquanto o exército paraguaio não passava dos cento e cinquenta mil homens, o que talvez significasse que a bolívia voltaria a ter uma saída própria e direta para o oceano pacífico, coisa por outro lado bastante improvável porque se chile não devolvia à bolívia o que lhe tinha roubado no

norte, menos lhe abriria de mão beijada uma estrada no sul através dos alpes. De todo o modo, a guerra seria perdida, talvez com uma parte de responsabilidade de produções belona s.a., pois a falta de um porto de mar foi a razão que viria a ser dada pela administração da empresa para excluir qualquer hipótese de negócio de armamento com a bolívia. Enfim, para primeiro dia, pensou artur paz semedo, mesmo não podendo, por avisado conselho de sesinando, levar ao administrador-
-delegado o livro de atas de mil novecentos e trinta e três, a colheita não era nada má. O que faltava agora era tirar a prova dos noves, isto é, consultar os livros de contabilidade do ano de trinta e dois e seguintes e verificar as entradas de dinheiro, sem dúvida em dólares, e a sua proveniência, fosse ela o próprio governo paraguaio, fosse uma entidade financeira que, sob condições leoninas, houvesse assumido a dívida. Artur paz semedo decidiu que por hoje chegava, roma e pavia não se fizeram num dia, além disso paz semedo não queria dar ao administrador-delegado a impressão de que o seu trabalho era fácil, quando a verdade é que o terceiro degrau da escada de mão, rompendo-se, podia equivaler a um acidente grave, senão mesmo a morte. De acordo com o que havia sido determinado, artur paz semedo levou os documentos ao chefe do arquivo para que fossem fotocopiados e aproveitou a ocasião para lhe agradecer o candeeiro e o espírito de colaboração. O senhor arsénio gostou do agradecimento, mas não o manifestou por palavras ou gestos, limitou-se a tossir para aclarar a garganta, como se tivesse dificuldade em

engolir. Deu ordem a sesinando para fazer as fotocópias, depois de ter passado os olhos pelos originais, que já deveria conhecer, pois não fez qualquer comentário, salvo, passados minutos, Pelos vistos aproveitou bem a manhã, Faltou-me consultar a contabilidade daqueles anos, não sei onde se encontram os livros, Sesinando indica-lhos na próxima vez, Muito obrigado, senhor arsénio, disse artur paz semedo. Recebeu os originais, despediu-se até amanhã e retirou-se. Regressado ao seu lugar, ligou para a secretária e pediu-lhe que, com a possível urgência, marcasse uma audiência com o administrador-delegado, Tenho documentos importantes para lhe entregar, disse. Não haviam passado dez minutos quando a secretária ligou, Venha imediatamente. Desta vez, artur paz semedo não correu, uma aura de nova dignidade parecia rodear-lhe a cabeça quando, em passo medido, atravessou a subsecção que dirigia e entrou no extenso corredor que o levaria ao seu destino. Já sem estratégicas demoras, a secretária fê-lo entrar no gabinete do administrador, que o recebeu com um sorriso, ao mesmo tempo que dizia, Não esperava vê-lo tão cedo, quando ainda agora começou, Creio já ter encontrado algo a respeito da guerra do chaco que lhe poderá interessar, senhor administrador, Mostre lá. Artur paz semedo inclinou-se sobre a mesa e entregou-lhe a pasta azul onde guardara os papéis. Sente-se, sente-se, disse o administrador, mal imaginando que acabava de inundar de gozo a alma de artur paz semedo, pois não é o mesmo ouvir uma pessoa dizer-nos em tom afável, Sente-se, sente-se, e aquele brusco e habitual Sente-se de toda a gente que dá vontade de continuar de pé só para contrariar. Artur paz semedo está pois sentado e observa com atenção a reação do administrador-delegado, que, tendo começado por traduzir-se numa palavra, Interessante, muito interessante, à segunda leitura se multiplicou em felicitações e obrigados, Vejo que compreendeu a minha intenção, O senhor administrador tinha sido muito claro quanto aos propósitos da pesquisa, E os arquivistas, disseram-me aqui que o empregado principal é um homem complicado, de trato difícil, Assim começou por me parece também, mas é só questão de lhe dar a volta, reconhecê-lo como chefe indiscutível do serviço, pedir-lhe conselho mesmo quando não seja necessário, a partir daí torna-se na mais prestável das criaturas, Diplomacia, portanto, Toda a gente gosta de ser bem tratada, senhor administrador, uma boa palavra faz milagres, Quais são os seus planos agora, Antes de chegarmos à guerra civil de espanha, ainda teremos de passar pela da itália contra a abissínia, Contra a etiópia, Pelo que tenho lido, senhor administrador, naquele tempo dizia-se mais abisssínia que etiópia, Trate-me por engenheiro, que é o que serei toda a vida, e não administrador ou administrador-delegado, que é coisa que tanto poderá durar como não, aliás, amanhã sairá uma ordem de serviço com esta diretiva, O pessoal vai gostar, senhor engenheiro, o tratamento de administrador-delegado impunha uma distância que na realidade não existia, eu que o diga, Suponho que o seu caso foi um pouco especial, veio aqui com uma ideia, Que não iria servir para nada, Serviu para fazer surgir uma ideia melhor, não lhe parece bastante, perguntou o engenheiro, Para lhe falar francamente, tudo me parece demasiado, eu aqui sentado, eu a procurar documentos no arquivo, eu a falar com o administrador-delegado da empresa, eu um simples chefe de faturação menor, sem ofício nem benefício, Ofício, tem, não se queixe, Nada que outra pessoa não pudesse fazer

ANOTAÇÕES DE
JOSÉ SARAMAGO

15 DE AGOSTO DE 2009

Afinal, talvez ainda vá escrever outro livro. Uma velha preocupação minha (porquê nunca houve uma greve numa fábrica de armamento) deu pé a uma ideia complementar que, precisamente, permitirá o tratamento ficcional do tema. Não o esperava, mas aconteceu, aqui sentado, dando voltas à cabeça ou dando-me ela voltas a mim. O livro, se chegar a ser escrito, chamar-se-á *Belona*, que é o nome da deusa romana da guerra. O gancho para arrancar com a história já o tenho e dele falei muitas vezes: aquela bomba que não chegou a explodir na Guerra Civil de Espanha, como André Malraux conta em *L'Espoir*.

1º DE SETEMBRO DE 2009

A memória enganou-me, o episódio não está recolhido em *L'Espoir*. Nem em *Por quem os sinos dobram* de Hemingway. Li-o em qualquer parte, mas não recordo onde. Tenho a sorte de Malraux fazer no seu livro uma referência (brevíssima) a operários de Milão fuzilados por terem sabotado obuses. Para o meu objetivo é quanto basta.

2 DE SETEMBRO DE 2009

A dificuldade maior está em construir uma história "humana" que encaixe. Uma ideia será fazer voltar Felícia a casa quando se apercebe de que o marido começa a deixar-se levar pela curiosidade e certa inquietação de espírito. Tornará a sair quando a administração "compre" o marido pondo-o à frente da contabilidade de uma secção que trata de armas pesadas.

16 DE SETEMBRO DE 2009

Creio que poderemos vir a ter livro. O primeiro capítulo, refundido, não reescrito, saiu bem, apontando já algumas vias para a tal história "humana". Os caracteres de Felícia e do marido aparecem bastante definidos.

O livro terminará com um sonoro "Vai à merda", proferido por ela. Um remate exemplar.

24 DE OUTUBRO DE 2009

Depois de uma interrupção causada pelo lançamento de *Caim* e suas tempestuosas consequências, regressei a *Belona S.A.* Corrigi os três primeiros capítulos (é incrível como o que parecia bem o deixou de ser) e aqui deixo a promessa de trabalhar no novo livro com maior assiduidade. Sairá ao público no ano que vem se a vida não me falta.

26 DE DEZEMBRO DE 2009
Dois meses sem escrever. Por este andar talvez haja livro em 2020... Entretanto a epígrafe será:

Alabardas, alabardas,
Espingardas, espingardas.

É de Gil Vicente, da tragicomédia *Exortação da guerra*.

31 DE DEZEMBRO DE 2009
Apesar de não estar nada seguro de poder levar o livro a cabo, mudei-lhe o título. Passou a ser *Produtos Belona S.A.*

2 DE FEVEREIRO DE 2010
Outra mudança, finalmente a boa: *Alabardas, alabardas, espingardas, espingardas.* Será o título.

22 DE FEVEREIRO DE 2010
As ideias aparecem quando são necessárias. Que o administrador-delegado, que passará a ser mencionado apenas como engenheiro, tenha pensado em escrever a história da empresa, talvez faça sair a narrativa do marasmo que a ameaçava e é o melhor que poderia ter-me acontecido. Veremos se se confirma.

*UM LIVRO INCONCLUSO, UMA VONTADE CONSISTENTE**
Fernando Gómez Aguilera

> *Afinal, talvez ainda vá escrever outro livro.*
> José Saramago, agosto de 2009

Apenas alguns meses depois de terminar *Caim*, em meados de agosto de 2009, Saramago abriu um arquivo de notas em seu computador portátil dedicado ao novo romance que pretendia começar. Uma velha ideia buscava um arranjo narrativo, e naqueles dias ele havia encontrado o desencadeador da anedota que podia lhe dar corpo. "Afinal, talvez ainda vá escrever outro livro", refletia na primeira linha das suas anotações.

Desde que, em 2006, enquanto gestava *As pequenas memórias*, a doença se instalara na rotina da sua vida, o tempo urgia. O pulso da sua literatura se acelerava con-

* Tradução de Eduardo Brandão.

tra a morte. O próprio escritor, consciente do cerco paulatino a que era submetido pela adversidade, soube explicar isso com uma eloquente metáfora: "Talvez a analogia perfeita seja a da vela que solta uma chama mais alta no momento em que vai se apagar". Para atestar seu rendimento e o vigor de seus clarões, aí estavam, além de *A viagem do elefante* (2008), *Caim* (2009) e os lampejos de *O caderno* (2009). Três títulos que haviam sido produzidos coincidentemente com um período em que seu sofrimento se confirmava.

De novo, sem solução de continuidade, Saramago se refugiava na escrita. Estava fechando as portas e lhe restavam coisas a dizer. Teria tempo suficiente para expô-las? "Afinal", "talvez", revelava, cauteloso mas esperançado, na linha inicial de suas notas, as primeiras palavras de uma aventura agônica empreendida irremediavelmente no coração das trevas. De modo que a razoável desconfiança imposta pela frágil realidade matizava o impulso de sua consistente vontade. Mas ainda havia algo a dizer e, por conseguinte, devia ser dito ou, pelo menos, tinha que se esforçar para dizer.

Se em *As pequenas memórias* prestava-se tributo à memória íntima e anônima da infância, *A viagem do elefante*, seu livro mais cervantino, lhe serviu para homenagear a língua portuguesa e celebrar a essência fabulosa da literatura. Em seguida, por meio de *Caim*, reprovaria com mordacidade o mito da religião, num gesto de raiz voltairiana. Anos antes, em *Ensaio sobre a lucidez* (2004), havia adentrado na inconsistência e nos desvios da democracia, abordando o espaço sociopolítico e a ética pública. À morte já tinha dado antecipadamente uma cara, valendo-se do humor e da categórica lógica argumentativa, em *As intermitências da morte* (2005). Com *Ensaio sobre a cegueira*, dois lustros antes, fundaria o ciclo alegórico da sua escrita, quando se propôs transitar *da estátua à pedra* e mergulhar na natureza do ser humano contemporâneo e sua conjuntura; em suas páginas, cimentou uma grande parábola sobre a desumanização e a irracionalidade que, a seu ver, fustigam o mundo e nublam nosso destino.

Que porta lhe restava então por cerrar no edifício da sua obra, em seu percurso pelas facetas do mal e do erro humano, no fim da sua vida? Que urgência sentia? Satisfazê-la seria, talvez, a tarefa confiada a seu novo livro, que, a princípio, dispôs-se a intitular *Belona S.A.*; depois, em dezembro de 2009, *Produtos Belona S.A.*; e, por fim, *Alabardas, alabardas, espingardas, espingardas*. O título definitivo ele decidiria no início de 2010, adotando a epígrafe que havia decidido antepor à narrativa, extraída da tragicomédia *Exortação da guerra*, do dramaturgo Gil Vicente. No dia 2 de fevereiro de 2010, pouco mais de um mês depois de ter selecionado a citação e de se lamentar com impaciência da interrupção do romance — "Dois meses sem escrever. Por este andar talvez haja livro em 2020..." (26 de dezembro de 2009) —, anotou em seu caderno digital, satisfeito: "Outra mudança, finalmente a boa: *Alabardas, alabardas, espingardas, espingardas*. Será o título". As circunstâncias não lhe permitiam sentar-se em frente ao computador e dar continuidade ao romance, mas sua cabeça persistia em se aferrar e a trabalhar a história. Tinha algo a dizer.

A ideia germinal remontava a uma velha interrogação que inquietou Saramago: o motivo pelo qual não se sabe de greves na indústria armamentista. A essa matriz associou mais tarde um acontecimento de que teve notícia e lhe causou uma forte impressão: durante a Guerra Civil Espanhola, uma bomba lançada contra as tropas da Frente Popular na Extremadura não havia explodido por causa de um ato de sabotagem, e acharam alojado dentro dela um papel com uma breve mensagem redigida em português: "Esta bomba não explodirá".

De início, o romancista atribuiu a informação a André Malraux, acreditando que a notícia procedia de *L'Espoir*. Logo desfez a confusão, sem poder determinar a fonte concreta do fato. No entanto, encontrou nas páginas de Malraux o apoio de que necessitava para avançar em seu propósito. No dia 1º de setembro de 2009, aludia ao equívoco em seu arquivo de notas: "A memória enganou-me, o episódio não está recolhido em *L'Espoir*. Nem em *Por quem os sinos dobram* de Hemingway. Li-o em qualquer parte, mas não recordo onde. Tenho a sorte de Malraux fazer no seu livro uma referência (brevíssima) a operários de Milão fuzilados por terem sabotado obuses. Para o meu objetivo é quanto basta".

A história de Milão lhe dava cobertura suficiente como "gancho" para abrir caminho ao "tratamento ficcional do tema". O resto, a imaginação acrescentaria.

Planejava as linhas mestras do livro e procurava suportes que pudessem sustentar e materializar a ideia, pois a intenção parecia clara desde o início.

Os episódios de sabotagens de armamento vinculados a mensagens de ânimo às forças republicanas não são desconhecidos nas páginas da literatura nem em jornais da época, como *Milícia Popular*. O testemunho literário mais mencionado é dado por Arturo Barea em *La llama*, terceiro volume da trilogia *La forja de un rebelde*. Um projétil lançado em Madri não estoura; depois de ter o detonador desmontado por um artilheiro, encontram dentro dele um pedaço de papel, manuscrito em alemão, no qual se podia ler: "Camaradas: não temam. Os obuses que eu carrego não explodem. Um trabalhador alemão". Operários espanhóis, alemães, italianos e portugueses se arriscaram sabotando as armas na Guerra Civil, ao incluir mensagens solidárias de alento, recebidas em pontos bem variados da geografia espanhola: Madri, Jaén, Alicante, Sagunto, Cáceres, Badajoz...

Saramago se comoveu com os gestos fraternos ocorridos em Milão e na Espanha, em particular este último, cujo bilhete havia sido escrito em seu idioma materno. E, ao mesmo tempo, lhe fornecem um material novelesco valioso, afim à sua velha preocupação com as fábricas e o comércio de armas, a ausência de greves no setor e os conflitos éticos daí derivados. Os ingredientes traziam energia e caráter narrativo, mas também densidade de contraste moral, adequando-se escrupulosamente a seu objetivo final de denúncia, ainda que por fim não o pudesse concretizar.

Não teve trégua, a não ser para concluir os três capítulos iniciais do romance, 22 folhas. No primeiro, esboçou o caráter dos personagens mais relevantes, sobretudo dos protagonistas: Artur Paz Semedo e sua esposa e contraponto dramático, Felícia; apresentou a fabricante de armamentos Produções Belona S.A., inclusive o que parecia que iria constituir o espaço medular da ação, "as profundidades do arquivo"; e adiantou como seria a trama, concretizada numa investigação ou busca que a partir do terceiro capítulo desenrolaria o fio da intriga. A pesquisa de fundo seria centrada nas relações que a Produções Belona S.A. mantivera com as guerras ocorridas na década de 1930. Saramago parecia satisfeito com o resultado: "Depois de uma interrupção causada pelo lançamento de *Caim* e suas tempestuosas consequências, regressei a *Belona S.A.*", faz constar em suas notas de 24 de outubro de 2009. "Corrigi os três primeiros capítulos (é incrível como o que parecia bem o deixou de ser) e aqui deixo a promessa de trabalhar no novo livro com maior assiduidade. Sairá ao público no ano que vem, se a vida não me falta."

Mas a vida ia ficando pelo caminho, quando ele já acreditava encaminhada a história novelesca, necessária para expor as ideias e comportamentos que na realidade queria discutir. Havia trabalhado exaustivamente o primeiro capítulo, condensando com perspicácia, em sete folhas, os assuntos substantivos do seu interesse:

L'Espoir, uma sabotagem ocorrida durante a Guerra Civil Espanhola, uma mensagem em português encontrada dentro de uma bomba, um indício de greve na companhia lá pelos anos 1930, o negócio das armas... "Creio que poderemos vir a ter livro. O primeiro capítulo, refundido, não reescrito, saiu bem, apontando já algumas vias para a tal história 'humana' [a relação entre Artur e Felícia]. Os caracteres de Felícia e do marido aparecem bastante definidos", acrescentou em suas notas no dia 16 de setembro de 2009.

As cartas preliminares estavam em cima da mesa: os personagens principais esboçados, assim como o motivo do argumento, o tom de intriga e certos vínculos entre os atores... A música da prosa havia adotado sua modulação, enquanto já transluziam os atributos próprios da paisagem narrativa que começava a se formar: uma expressão depurada de barroquismo, austera, direta e serena; diálogos ágeis, arraigados na língua cotidiana; seu conhecido narrador onipotente, sábio, reflexivo e totalizador; uma mecânica de traçado cartesiano; a figura insinuada, no fim de seus dias, de outra mulher vigorosa e pertinaz, Felícia, uma nova Blimunda da paz, espelho de coerência moral e esperança de humanização, em face de um Artur Paz Semedo burocrata, fraco, adulador e apagado; indícios de sua ironia cética; o cenário de um grande conflito moral; a estrutura detetivesca que articula o suspense; sua capacidade de demarcar ambientes fechados; a cadência de uma busca dissimulada e antagônica... Um mundo reconhecível, saramaguiano, que, em seus primeiros traços, evoca a atmosfera específica de *Todos os nomes* e estabelece laços com o período de escrita iniciado com *Ensaio sobre a cegueira*.

Mas todos esses e outros fios da meada aparecem esboçados apenas numas tantas folhas. Ficavam para depois as fecundas surpresas com que o processo de criação faz o próprio autor se deparar. Ficavam as alterações sobrevindas pela resolução de problemas técnicos. Ficavam os achados imprevistos que o caminho faz surgir. Faltava, enfim, escrever o romance, a literatura aspirada para sempre pelo vazio. O escritor avistava solo firme sob seus pés, embora tivesse pendentes assuntos práticos a resolver, como a natureza pormenorizada do edifício ou o avanço formal do relato. De que modo ia continuar, nunca saberemos. A propósito de suas pretensões, Saramago deixou apenas um registro sucinto em seu computador, orientações que, naturalmente, deveriam ser submetidas à tensão consubstancial ao progresso da narração. No dia 2 de setembro de 2009, detinha-se para tecer algumas considerações sobre as relações entre Felícia e Artur Paz Semedo, uma circunstância que lhe permitia deixar uma pista em torno do conflito futuro: "A dificuldade maior está em construir uma história 'humana' que encaixe. Uma ideia será fazer voltar Felícia a casa quando se apercebe de que o marido começa a deixar-se levar pela curiosidade e certa inquietude de espírito. Tornará a sair quando a administração 'compre' o marido pondo-o à frente da contabilidade de uma secção que trata de armas pesadas". Meses mais tarde, em 22 de fevereiro de

2010, semanas antes de sua saúde ter sofrido um severo revés, incorporava a última nota que afinal introduziria — direcionando, satisfeito mas precavido, o progresso formal do livro — uma das grandes questões pendentes que o inquietavam, a saber, como prosseguir o romance: "As ideias aparecem quando são necessárias. Que o administrador-delegado, que passará a ser mencionado apenas como engenheiro, tenha pensado em escrever a história da empresa, talvez faça sair a narrativa do marasmo que a ameaçava e é o melhor que poderia ter-me acontecido. Veremos se se confirma".

Enquanto por momentos a doença invadia mais espaço da sua vida, Saramago alinhavava a ficção na cabeça. Desde fins de outubro de 2009, não pôde voltar à escrita, mas persistiu em idear a narração, em fabricá-la mentalmente, sem renúncias. É admirável a tenacidade com que, à beira do grande abismo, o escritor se agarrou à literatura. É surpreendente a formidável energia que, inclusive antes de se formalizar no papel e chegar ao leitor, as histórias desprendem na imaginação e na vontade do narrador. Uma força tão angustiante que confirma a lúcida observação que o poeta Roberto Juarroz sugeriu: "A realidade produziu o homem porque algo nela, em seu fundo, pede histórias. Ou, dito de outro modo, parece haver no profundo do real um clamor de narração, de iluminação, de visão e até, talvez, de argumento que os homens devem prover, haja ou não haja outro sentido".

Saramago estimava que "a literatura é o que faz inevitavelmente pensar". Concebeu o romance como um exercício de ação intelectual, um método para programar cenários verbais de pensamento e, por conseguinte, um veículo para refletir. Suas fabulações pensavam e faziam pensar, até se postularem, metaforicamente, como uma espécie de ensaios com personagens. A reivindicação das ideias e dos valores aparece ligada à sua produção desde o começo, elas se alojam na raiz da sua atitude e da sua motivação literárias: "Sou um escritor um tanto atípico. Só escrevo porque tenho ideias", repetiu em diversos momentos. De modo que sua obra se ergue como um monumental marco narrativo empenhado em meditar sobre o mal e o erro contemporâneos, atento aos desvios do ser humano, preocupado no fim das contas com as múltiplas variantes de desumanidade que nos fustigam. A partir do *Ensaio sobre a cegueira*, perseverou em escrutar e iluminar essas zonas de sombra que afetam e causam dano à dignidade humana, penetrando na consciência e nas formas de relação do sujeito tardo-moderno.

Junto com o apelo ao pensamento, seu compromisso intelectual recusava a indiferença e a apatia moral. Ainda hoje ressoam sua severa denúncia e sua exigência de um retorno à ética, a exortação a protagonizar uma insurreição da virtude num contexto de decadência, princípio que aplicou com denodo em seus textos. "Percebi, nestes últimos anos, que ando procurando uma formulação da ética: quero exprimir, através dos meus livros, um sentimento ético da existência, e quero exprimi-lo literariamente", reconheceria em 1996. Esse rearmamento moral, confrontado com a resignação do espírito, devia contribuir para desenvolver a condição humana e, a seu ver, devia achar ancoragem na conduta cotidiana, na vida diária: "Quando nós dizemos o bem, ou o mal... há uma série de pequenos satélites desses grandes planetas, e que são a pequena bondade, a pequena maldade, a pequena inveja, a pequena dedicação... No fundo é disso que se faz a vida das pessoas, ou seja, de fraquezas, de debilidades...". De uma forma ou de outra, alertava sobre a necessidade de que nosso tempo adotasse um "sentido ético da existência", uma mobilização que passava por acentuar a coerência própria e interiorizar as relações de respeito, apoiada num axioma tão básico quanto universal: não faças a outro o que não queres para ti.

Que portas então lhe urgia fechar? Que urgência sentia? *Alabardas, alabardas, espingardas, espingardas*, o derradeiro alento narrativo de José Saramago, pretendia inscrever-se nesse espaço delimitado por pensamento e ética: um romance de ideias com um forte componente de reivindicação e provocação, um revulsivo de filosofia moral para a consciência de seus leitores, tomando como argumento o inóspito e lacerante mundo da produção e do uso das armas. Sua intenção, declarada naqueles dias em seu círculo de confiança, embora nunca saberemos como teria se concretizado, consistia em dissecar o paradoxo moral do funcionário exemplar de uma fábrica de armas, Artur Paz Semedo, capaz de se abstrair em sua rotina das consequências derivadas da sua disciplinada eficácia profissional. Saramago se mostrava interessado em examinar a habitual dissociação entre conduta e efeitos desencadeados. E abordaria isso em escala individual, através da figura de um homem comum, burocrata, respeitável, eficiente, serviçal, obediente e omisso: o aparente bom cidadão. Por sua vez, o papel de antagonista, no qual reúne incomodidade e verdade, reservava-o a uma mulher, Felícia, cujo perfil começou a ser esboçado com o brio e o vigor característico das protagonistas femininas reconhecíveis em sua obra, portadoras de uma chama de esperança e grandeza. Essas e outras considerações ele teve a oportunidade de ouvir, em presença da sua esposa, Pilar del Río, e de amigos próximos, em mais de uma conversa durante seus últimos meses de vida em Lanzarote, quando José Saramago compartilhava algumas das suas inquietudes em torno do romance que a promessa da sua tênue vida resguardava.

Em última instância, tratava-se de construir sua visão sobre a banalidade do mal, o controvertido assunto que Hannah Arendt pusera em cima do pano verde intelectual. Saramago projetava uma exploração minuciosa da responsabilidade ética do sujeito, para consigo e para com a sociedade, derivada da sua atuação; afinal de contas, forjava uma imersão, corpo a corpo, na alienação cotidiana da consciência própria, varrendo paradoxos e desculpas, indolências e incongruências escondidas. Era essa, talvez, a última porta que lhe urgia fechar ou abrir, conforme se deseje enxergar: a da responsabilidade moral do indivíduo, interpelando cada um de seus leitores, cutucando a consciência destes, para incomodar, intranquilizar e depositar no âmbito pessoal o desafio da regeneração: a eventualidade, cética embora, de encarrilhar a alternativa de um mundo mais humano.

Saramago julgava que nem a impassibilidade nem o amparo da obediência eximiam de culpa. Sua literatura é um exemplo ativo de descrédito em relação à boa consciência, assentado na convicção de que a renúncia ao pensamento e, sobretudo, à exigência da ética — em *Cadernos de Lanzarote* deixou sintetizada sua certeza de que, "se a ética não governar a razão, a razão desprezará a ética" — oferece o risco de um caminho fadado à eventualidade do mal, sem necessidade de seres extraordinariamente perversos para triunfar. Por desgraça, o mal também é um costume superficial, fútil, além de uma ameaça permanente à ordem social. Uma estrutura comunitária que, se procura alcançar o êxito, pelo menos relativo, requer seres responsáveis, coerentes, preocupados com a busca do bem, donos de uma vontade crítica, dispostos enfim a reconhecer e se reconhecer no novo direito humano de objeção e desobediência que Einstein propôs: "Existe também outro direito humano que poucas vezes se menciona, embora esteja destinado a ser importantíssimo: o direito, ou o dever, que tem o cidadão de não cooperar para atividades que considere errôneas ou daninhas".

Como iam se materializar estas e outras preocupações de fundo no romance inacabado é algo que se perde no turbilhão escuro do desaparecimento. É o que tem a morte, que antes você estava e agora não está mais — assim frisava o autor. E, se você não está, se desvanece a possibilidade de palavra sobrevinda aqui: pelo contrário, se instala a fosca suspensão do silêncio. Entre as sucintas notas que José Saramago reuniu enquanto engenhava *Alabardas, alabardas, espingardas, espingardas*, ele cuidou, isso sim, de esclarecer o final do texto. Antecipando-se à interrupção da sua pressagiada ausência, traçou o marco de um parêntese narrativo, provido de começo e de fim, como se pusesse nas mãos do leitor o convite para dotar de conteúdo o itinerário da aventura moral que havia de fabricar, e que a ele, o leitor como pessoa, interrogava particularmente. No dia 16 de novembro de 2009, adiantou, e inclusive valorizou, as palavras com que havia decidido concluir o romance ainda não escrito, para que, ante qualquer contingência, não pairassem dúvidas quanto a seu ponto de vista nem a seu propósito com respeito à indiferença e à insolvência ética: "O livro terminará com um sonoro 'Vai à merda', proferido por ela. Um remate exemplar". Um Saramago em estado puro até a última das suas letras, inclusive as que não puderam ser escritas no lugar a que a vontade as havia destinado, mas que ainda hoje ecoam na liberdade da sua poderosa consciência, incômoda, insubstituível.

FERNANDO GÓMEZ AGUILERA nasceu em San Felices de Buelna, na Espanha, em 1962. É escritor e ensaísta. Em 2007 publicou, em Portugal, a biografia *José Saramago: a consciência dos sonhos*, e foi curador da exposição de mesmo nome sobre o escritor, realizada em Portugal e no Brasil. Organizou o livro *As palavras de Saramago* (Companhia das Letras, 2010).

A VIOLÊNCIA SEGUNDO SARAMAGO

Luiz Eduardo Soares

Confesso que não havia sentido tão fortemente a ausência de José Saramago quanto no contato com esta obra inacabada. Mesmo a releitura de alguns de seus romances depois da notícia do falecimento não me havia produzido o mesmo efeito. Cada obra-prima — e são tantas — completa seu próprio ciclo, dá a volta ao redor de si mesma e nos submete à sua gravitação, inebriados, embora intelectualmente desafiados. Cada obra dispõe-se plural e aberta, em razão da radicalidade autoquestionadora de sua linguagem. Mantém-se, porém, íntegra, graças ao rigor de sua tessitura. A percepção da autonomia sugere a prescindibilidade do autor. É a obra quem reina soberana, autossuficiente em sua unidade inconsútil. Agora, não. Em *Alabardas, alabardas*, eis o autor diante de nós, imprescindível, evocando, involuntariamente, sua falta por meio do narrador que se esquiva, mas acena e promete, e de novo põe-se a retirar-se, estendendo ainda um pouco o fio de voz, numa emocionante e hipnótica coreografia em espiral, até o abismo. O leitor experimenta o tensionamento entre o fascínio crescente pela narrativa, pronta a enredar-nos à primeira linha, e a aproximação do momento evanescente em que a trama resolve-se em breu e silêncio. E ali cintila o autor em sua plenitude, justamente quando seu gesto narrativo furta-se, deixando-nos a sós, em convívio reverente e inquietante com sua ausência irremediável.

Estas páginas não são uma homenagem protocolar ao grande escritor, mas a sugestão de alguns marcos bastante específicos a partir dos quais sua última e inacabada obra poderia ser recepcionada. Pretendo demonstrar que o autor partiu sem render-se e legou à posteridade, além do inspirador exemplo de resistência, a tarefa de seguir pistas decisivas para nosso futuro.

Vejamos de que trata a obra inconclusa de Saramago, que referências suas páginas iniciais nos fornecem sobre o universo incompleto do romance e de que modo sua construção literária ilumina o mundo em que vivemos por uma perspectiva original. O título não deixa margem a dúvidas: *Alabardas, alabardas, espingardas, espingardas*. Às armas, então.

Pelo menos desde a segunda metade do século XX, três tipos de negócio distinguem-se entre os que mobilizam os maiores volumes de recursos, no planeta. Um deles já dava as cartas desde fins do século XIX, o petróleo, ouro negro, alvo da voracidade de potentados e impérios, cuja distribuição espacial instigou movimentos geopolíticos que redefiniram fronteiras e destinos de sociedades e civilizações, com o emprego ilimitado da força. O principal dos combustíveis fósseis estava destinado a devastar o meio ambiente e a representar a riqueza, por excelência, na medida em que se tornava sinônimo de energia e desenvolvimento industrial. Outro negócio bilionário: as drogas, cuja proibição em vez de reduzir o consumo criou poderosíssimo mercado clandestino, armou exércitos de mercenários em todo o mundo, hipertrofiou a corrupção política, promoveu genocídios, intensificou o racismo e criminalizou a pobreza, superpovoando penitenciárias sub-humanas. Finalmente, as armas, mercadorias diretamente ligadas à violência, que transformaram a guerra, os conflitos e a insegurança pública em fontes estratégicas de lucro na economia transnacional. Se um dia foram instrumentos a serviço de conquistas territoriais e da expansão colonialista, ao longo dos séculos, gradualmente, destacaram-se da cadeia funcional que as punha a serviço de outras finalidades. Autonomizaram-se. Converteram-se em objetos de compra e venda capazes de produzir ganhos expressivos. A tal ponto que produzi-las pôs-se na ordem das coisas como imperativo, na mesma medida em que o mercantilismo e logo o capitalismo tornar-se-iam a segunda natureza das sociedades modernas. As guerras passaram a ser apêndices da indústria armamentista, aqueles eventos cuja existência seria necessário promover (caso outros motivos já não o tivessem feito), ou cuja hipótese perturbadora, embora remota, seria preciso preservar e reavivar para garantir a continuidade da dinâmica empresarial. Armas como negócios transnacionais falam as mais diversas línguas, mas comunicam as mesmas mensagens: medo, ameaça, morte, domínio, ganância livre de escrúpulos. Nos fatos do mundo contemporâneo que são as armas, a alma do poder desprende-se dos jogos complexos da economia política e das artimanhas da história, eleva-se à esfera das ideias — se me permitem o platonismo anacrônico — e deixa-se apanhar em sua crueza: nada mais, nada menos que violência ilimitada em estado puro. Para seu encontro derradeiro com a escrita, Saramago escolheu as armas, fontes inexcedíveis de lucro e dor. Armas são o ponto mais impermeável ao humanismo. Que joia da coroa do capitalismo globalizado seria mais vulnerável à crítica radical? Em nenhum outro lugar, fora da produção e do comércio de armas, o interesse econômico revela com tamanho despudor sua natureza selvagem, expondo em carne viva sua torpeza, ostentando, em suas virtudes — produtividade, eficiência, competência, inteligência, sofisticação, conhecimento, alcance, precisão — o horror, a maximização ilimitada do horror.

Por ser finito e apontar para trajetória de declínio e esgotamento, o petróleo já vem sendo deslocado do centro da matriz energética nos países de ponta do capitalismo, ao menos prospectivamente. O século XXI contará o último capítulo da novela épica e brutal, o ouro negro. No caso das drogas, a irracionalidade do proibicionismo é de tal ordem e suas consequências têm sido tão devastadoras que as posições críticas começam a alcançar um grau de reconhecimento inusitado e promissor. Há, portanto, a hipótese de que a ampliação do debate público passe a exigir dos defensores da criminalização do uso de drogas (assim como da produção e do comércio) argumentos mais consistentes do que a reiteração de preconceitos, a indiferença a evidências empíricas e a retórica moralista. Sinais oriundos de diferentes países parecem indicar a emergência, com peso político, de concepções mais maduras, realistas e sintonizadas com a liberdade individual. Pode haver progresso nesse campo a curto e médio prazos.

Quanto às armas, contudo, nem Felícia, sua inimiga devotada, ousaria um prognóstico otimista. Nesse ponto, sintetizo o percurso da narrativa de Saramago, assinalando que, justamente porque os críticos das armas estão céticos, Artur Paz Semedo, o protagonista, sente-se equilibrado na vida. Afinal, enquanto o pacifismo de sua ex-mulher, Felícia, está em permanente atrito com os fatos, ele os aceita de bom grado. Há mais: apraz-lhe atribuir valor moral à inclemência bélica. Mesmo a bomba atômica tem lá seu lado virtuoso, ele pensa, por economizar vidas, encurtando a guerra. Semedo não experimenta qualquer desconforto por trabalhar em uma fábrica de armas. Pelo contrário, servir à Produções Belona é motivo de orgulho. Se bem que não lhe satisfaça vincular-se ao departamento de contabilidade do setor de munições para material ligeiro. Sonha merecer uma transferência para a área das armas pesadas, aquelas pelas quais se vencem ou perdem confrontos de vulto. Raríssimos são os momentos extremos do moderado Semedo, dado a meios-tons. As exceções ele as degusta nos dias em que novos modelos são exibidos pelos administradores aos empregados nos campos de prova. O espetáculo fá-lo estremecer num júbilo físico que culmina em êxtase, sucedido por desmaio histérico — nesta passagem, o narrador pisca o olho ao leitor, brincando com o modelo canônico do velho romance naturalista pré-freudiano.

Dizia que Semedo assenta-se confortavelmente nos arranjos estáveis e previsíveis de seu cotidiano, mas devo acrescentar que a harmonia será abalada. Um livro, de André Malraux, *L'Espoir*, traz-lhe transtornos inesperados. Menos e mais que isso, na verdade. Não é propriamente o livro, senão uma frase. Tampouco são exatamente transtornos os efeitos da leitura. A palavra justa teria de ser mais dura e enfática. Semedo fecha o livro ofendido. Como se um insulto lhe tivesse sido dirigido, direta e pessoalmente. Mais longe não vou. Não tenho o direito de roubar ao leitor o prazer das descobertas. Que o gênio de Saramago apresente seus personagens na voz irônica e sedutora do narrador. Nenhuma descrição escapará à inspeção apurada, que a desdobra em matizes sutis e a secciona em filamentos delicados.

Contudo, antes de concluir, devo observar que a ironia não nos deve iludir. Saramago está a brincar com fogo. Mas fá-lo à sua maneira, como sempre — por isso é o mestre que estimamos. Em vez de navegar para o coração das trevas, nas águas de Joseph Conrad — embora dialogue com seus espectros, indiretamente —, Saramago focaliza por ângulo muito peculiar a violência, horizonte semântico inexorável do armamento. Antes do assassinato em massa, há o desamor e suas variações. Antes do apetite voraz do capital, tipos prosaicos almoçam e jantam. O narrador é meticuloso. Perfila e combina personagens e situações que exploram o gradiente das relações humanas. O épico cede à música de câmara. Minucioso, faz o inventário dos laços, o museu das minudências, o catálogo de flagrantes sutis: a solidariedade aos companheiros distantes e desconhecidos, que se paga com a própria vida; a refeição em silêncio; a comunicação bloqueada; o veneno da suspeita; o divórcio. A série estende-se dos conflitos cotidianos ao clímax da guerra, encenado pelo avesso no desmaio de seu cultor, Semedo. A nota quase cômica não se inscreve nesse território dramático para cinicamente desconstituir a gravidade dos massacres, mas, pelo contrário, para aproximar, do cotidiano de todos nós, o teatro de operações, do escritório e da sala de visitas, o campo de batalha.

A estratégia ficcional estabelece conexões que submetem a variedade das situações à continuidade dos dilemas humanos em escala individual. O genocídio vai se aproximando sem que o percebamos, permeando as esquivas do casal. O amor sem viço prolonga-se no ranço do convívio que o desgasta. O desamor vai ao desenlace. As intermitências do conflito entre colegas mantêm a corda esticada. Tensões são atiçadas pela competição. Suspeitas, acordos tácitos, mútuas acomodações, pequenas traições correspondem a momentos opostos, mas, segundo outra ótica, sobrepõem-se como camadas que adensam a realidade, submetendo o sentido predominante em cada contexto a tensões por vezes irresistíveis. A sensibilidade humana é diretamente proporcional à identificação da multiplicidade de camadas: a polifonia, a dubiedade, a polissemia e a incerteza. Em outro plano, situam-se a hierarquia da empresa, o tempo institucionalizado e a disciplina dos códigos. As regras que ordenam os conflitos, separam, subordinam, regulam as relações e distinguem os personagens. A referência é o acesso às decisões. O poder institucional é o mais efetivo redutor de incerteza e promotor de univocidade.

Os pares de Saramago, aqui, são Herman Melville (*Bartleby, o escrivão: Uma história de Wall Street*) e Franz Kafka (*O castelo*), ainda que *Alabardas* subtraia de seus personagens assemelhados a Bartleby e K. a naturalidade inexpressiva ante o vazio de sentido, para insuflar-lhes o espírito de outro tempo, no qual há sentido, embora conducente à rapina: Arsénio e Sesinando são clowns da rotina burocrática a serviço da acumulação de capital. Nada a ver com a perplexidade cética de Melville e Kafka.

Pois aí estão os elementos fundamentais: para meter o leitor entre os pontos do novelo, a narrativa costura pacientemente as grandes carnificinas que, no roteiro, avizinham-se — a Guerra Civil Espanhola, a Segunda Guerra Mundial e o que mais vier no progresso da barbárie — aos pequenos conflitos cotidianos, assim como articula os caprichos individuais e os dramas existenciais à história da empresa. Essa história tão relevante para a sociedade permanece obscura, regida por lógicas que escapam à consciência de seus empregados — a cujo trabalho, entretanto, ela deve todas as suas conquistas. As engrenagens elaboradas ficcionalmente são sempre adocicadas por mediações que as inscrevem com a mais absoluta naturalidade no fluxo do relato, preservando a densidade dos protagonistas e a necessária independência das cenas. Passo a passo, Semedo rebela-se contra as primeiras expectativas suscitadas pela ironia do narrador e, graças ao abalo emocional provocado pela solidariedade operária descrita por Malraux, começa a romper o modelo medíocre e conservador em que o encapsulamos, inicialmente. Fá-lo na medida em que propõe trégua à ex-mulher e aceita sua sugestão de compulsar documentos históricos da empresa para descobrir seu comportamento nos anos 1930. O passado e a memória estão presentes todo o tempo, desde os filmes de guerra ao livro de Malraux, localizado no sebo. Há duas vias para o passado: revolver a memória intergeracional da família proprietária da Produções Belona ou fuçar os alfarrábios, no subsolo do edifício central da empresa. A trama dá indícios de que as seguirá a ambas. Nas derradeiras páginas, acompanhamos a descida de Semedo não ao inferno dantesco, nem à gruta do coronel Kurtz, mas aos arquivos, organizados pela aplicação diligente do par nada quixotesco, Arsénio e Sesinando. Inicia ali o garimpo. O esforço arqueológico poderia conduzir Semedo e Felícia a um reencontro amoroso, identificados então com o pacifismo, depois que o protagonista se deparasse com pactos fáusticos e inconfessáveis de Belona? O emprego e até mesmo a vida do herói correriam risco? O administrador-delegado teria noção exata da ignomínia que, afinal, constituiria a marca essencial de sua herança? Confrontaria o pai? Ou o fato da Produções Belona espelhar a realidade dominante em nosso mundo levaria de volta o protagonista à sua passividade original, sobretudo se cooptado por uma sedutora oferta de transferência ao setor dos grandes projetos? Por que caminhos misteriosos o desejo, o valor e o poder relacionar-se-iam? Há algo mais na identidade de gênero que associa a masculinidade à violência e seu principal instrumento, a arma? Leríamos um final cínico e mordaz, convocando os leitores: armai-vos uns aos outros?

Não faz sentido especular. A obra incompleta deve ser lida como o que ela é. Mas aqui retomo a abertura: o que ela é, o modo pelo qual torna-se aquilo que é, obra interrompida, traz consigo a presença poderosa do autor, pelo efeito paradoxal de sua ausência involuntária, cujo efeito real, material, trunca o desfiar da narrativa. Eis a chave da interpretação que proponho. É óbvia como a carta de Poe. Está à vista de todos — mesmo assim, é tão fácil ignorá-la. Quando a falta do autor se agiganta, incidindo sobre a narrativa, ou melhor, sobre nossa experiência de leitura, uma conexão se estabelece entre a narrativa e o real. Conexão nada metafísica. Direta, empírica. Na ordem da representação literária, a verossimilhança substitui e transforma as ilusões especulares. Literatura não é o espelho da realidade. Sua autonomia é irredutível e deve ser respeitada, na ourivesaria da obra e na sensibilidade do leitor, até mesmo para que a potência representativa se sustente, no plano que lhe é próprio. Em *Alabardas, alabardas*, o real intromete-se sem pedir licença, sob a forma de uma ausência incontornável. A linha solta que suspende a narrativa sem concluí-la é o fio que conecta a obra, esta obra tão singular, à eletricidade do mundo, ao trovejar de drones e minas, à sanha darwiniana de homens e mulheres que somos nós. Mas é isso que faz de *Alabardas* um evento, uma intervenção na ordem das coisas, uma janela entre universos tão próximos e distantes, a literatura e nosso cotidiano, a biografia de Semedo e o destino do mundo em que vivemos. O grande escritor retira-se em grande estilo, apenas para rodopiar de volta em torno de nós e puxar-nos o tapete. Para vencer as armas, afinal, é preciso, primeiro, cair da cadeira, o que se pode alcançar lendo *L'Espoir*, como Semedo, ou *Alabardas, alabardas*. Obrigado, Saramago.

LUIZ EDUARDO SOARES nasceu em Nova Friburgo (RJ), em 1954. Antropólogo e cientista político, é professor da UERJ e pesquisador associado do Centro de Segurança e Cidadania da Universidade Candido Mendes. Autor de diversos livros, entre eles *Meu casaco de general* (Jabuti de melhor reportagem e biografia, 2002), foi subsecretário de Segurança Pública e coordenador de Segurança, Justiça, Defesa Civil e Cidadania do Estado do Rio de Janeiro.

*EU TAMBÉM CONHECI ARTUR PAZ SEMEDO**
Roberto Saviano

"De todas as coisas que podia fazer José Saramago, morrer é a mais inesperada. Se você conhecesse José, realmente não se daria conta. Sim, claro que os escritores também morrem. Mas, de fato, ele não dava nenhuma possibilidade de pensar num corpo cansado da vida, de respirar, de comer, de amar. Consumira-se nos últimos anos, entre a carne e os ossos parecia haver uma espessura cada vez menor, sua pele era um manto fino que recobria o crânio. Mas dizia: 'Se eu tivesse escolha, nunca partiria'."

Escrevi estas palavras quando soube que, mesmo assim, José havia partido. Pouco depois, porém, percebi que eu não havia dado verdadeiro crédito à sua obstinada vontade de voltar.

* Tradução de Federico Carotti.

Ei-lo novamente aqui. De carne e sangue, suas palavras inéditas neste novo livro. As palavras conservadas nas páginas da *História do cerco de Lisboa*:

> Era lua cheia, daquelas que transformam o mundo em fantasma, quando todas as coisas, as vivas e as inanimadas, estão murmurando misteriosas revelações, porém vai dizendo cada qual a sua, e todas desencontradamente, por isso não alcançamos a entendê-las e sofremos esta angústia de quase ir saber e não ficar sabendo.

Estas novas páginas de Saramago são um criptograma do murmúrio contínuo das revelações misteriosas que recebemos. Como um manual de tradução de sons, percepções e indignações. A história de Artur Paz Semedo é uma revelação para o leitor mais distraído, a leitora mais atenta, o estudioso mais rigoroso, o filólogo mais cético. É uma orquestra de revelações. Em Artur, as revelações que vi são as de todos os homens e mulheres que se protegem da estupidez entendendo que compreenderam as duas vias, ficar ali submetido à vida, tagarelar com ironia, tentar conseguir um pouco de dinheiro e um pouco de família e terminá-la assim, ou algo diferente. Diferente? Sim, bem diferente. Outro percurso. Ficar dentro das coisas. Dentro de Artur Paz Semedo há o núcleo de ouro já anunciado no *Ensaio sobre a cegueira*: "Sempre chega um momento em que não há nada mais a fazer senão arriscar".

Eu também conheci Artur Paz Semedo. Não trabalhava no setor de contabilidade de armamentos leves e munições da Belona S.A. e não teve uma ex-mulher pacifista. Não morava na Itália. Provavelmente nunca segurou um revólver na mão, e muito menos pensou em dar um disparo. Mas também conheci Artur Paz Semedo e seu nome era Martin Woods. Sua arma era a precisão. Uma obstinada precisão.

Se você é contratado para a função de agente pleno contra a lavagem de dinheiro no gigantesco Wachovia Bank, um pouco louco há de ser. Porque penetrar nos meandros dos balanços, mergulhar de cabeça na massa informe das contas correntes, escarafunchar sem trégua nas fichas dos clientes do banco, não é uma profissão para qualquer um. Quem não aceita de bom grado uma certa dose de caos cotidiano? O caos lhe relembra o lugar que você ocupa nesta Terra e o torna humano.

Ao longo de uma existência inteira, pode ser que se leve uma vida simples e reta como uma autoestrada sem saídas. Ou pode ser que nos deparemos com uma encruzilhada. Sorte? Azar? Talvez ambos, talvez nenhum dos dois. O fato é que, quando você está diante de uma escolha obrigatória, não pode voltar atrás ou fingir que não é nada. Pode se deter e olhar a encruzilhada de longe, estudá-la, admirá-la, deixando-se fascinar e aterrorizar, pode piscar um olho para ela numa vã tentativa de seduzi-la, para que se retire e lhe dê passagem. Ou pode bater os pés, xingar, agitar as mãos, na esperança de que ela retroceda, amedrontada pela sua fúria. Porém ela continua sempre lá. Você tomará a direita ou a esquerda?

Pergunta retórica, quer seu nome seja Artur ou Martin. Desde o início, quando você viu de soslaio que havia algo de errado e que esse algo avançava e gritava contra o castelo de certezas que sempre lhe deu conforto, desde aquele momento você já tomou a decisão. A encruzilhada a tomou por você. Querendo ou não. Se tivesse ao menos afastado o olhar uma fração de segundo antes, a Medusa não o teria transformado em pedra.

Martin começa a ler milhares de páginas. Milhares de páginas feitas de números. Ei-la aqui, novamente, a encruzilhada. No início é insignificante, até banal, como um cheque de viagem qualquer. Quando se pensa naqueles pedaços de papel, pensa-se num turista responsável que não quer que suas férias se estraguem por ter deixado, num momento de descuido, que lhe roubassem a carteira. Por pior que seja, pensa o turista, meu dinheiro está seguro. Pensa-se num alegre pai de família que passou um ano inteiro trabalhando como um burro de carga e agora quer ter uma folga e gozar do merecido descanso junto com os seus. Talvez no México, onde os folhetos coloridos prometem sol, mar e gentil cortesia dos habitantes do lugar. Mas de quanto dinheiro precisa um turista? Quanto custam as lem-

branças? São as perguntas que Martin se coloca quando soma os cheques de viagem de alguns clientes do banco. Um valor gigantesco. Quantas *margaritas* dá para comprar com esse dinheiro? Quantos *sombreros* para presentear os parentes? Os números de série são sequenciais. Quais são as probabilidades de que seja por acaso? Praticamente zero. E por que todos aqueles "p" e "b" nas assinaturas dos cheques de viagem são tão redondos? Não é preciso ser um especialista em caligrafia para sentir a comichão de uma suspeita. O caminho já se iniciou. E depois tudo se acelera. Funciona assim, é uma regra impiedosa e implacável, mais exata do que qualquer lei física. Martin insiste com seus superiores, quer esclarecer as anomalias que encontrou. Deve haver algo por trás desse dinheiro que passa pelas casas de câmbio mexicanas. De fato há. São os milhões de dólares que o cartel de Sinaloa, o mais rico e poderoso dos cartéis de droga mexicanos, faz passar pelas *casas de cambio* para uma bela lavagem, antes de aterrissar belos e formosos nas contas do Wachovia Bank.

A respeitabilidade e a obstinação são duas qualidades que se reforçam mutuamente. A primeira é manca se não for sustentada por um plano de ação, a segunda é cega se

não tiver a força do consenso. Martin tem ambas, mas quem está acima dele faz de tudo para silenciá-lo, para transformar sua obstinação em teimosia, teimosia em obtusidade, obtusidade em loucura. O processo mais típico: um homem que se esgoela para chamar atenção ao final perde a voz, se ninguém quiser ouvi-lo. Martin meteu o nariz onde não devia e se arrisca a destampar uma panela fervilhante de interesses globais. Sua história terminará bem. Apesar do silêncio, da marginalização e do esgotamento nervoso, por fim virão a reabilitação e as desculpas oficiais. A encruzilhada conduziu a um território obscuro, uma floresta cerrada que não permite a entrada de luz, até o primeiro clarão entre as folhas. Infelizmente, jamais saberemos o que se ocultava por trás da encruzilhada de Artur Paz Semedo.

Eu também conheci Artur Paz Semedo. Não trabalhava no setor de contabilidade de armamentos leves e munições da Belona S.A. e não teve uma ex-mulher pacifista. Não morava na Itália. Provavelmente nunca segurou um revólver na mão, e muito menos pensou em dar um disparo. Mas também conheci Artur Paz Semedo e seu nome era Tim Lopes. Sua arma era a paixão. Uma ardente paixão.

Tim Lopes nasceu numa favela do Rio de Janeiro. Com uma ideia, um talento e um problema. A ideia era que escrever sobre os problemas que afligiam o Brasil e levá-los ao conhecimento do mundo seria o primeiro passo para reerguer o país. O talento era sua capacidade de desencavar as melhores histórias e trazê-las de volta à luz. O problema era o nome. "Você imagina a cara do leitor ao ver no final da matéria Arcanjo Antônio Lopes do Nascimento? No mínimo solta uma gargalhada e passa para o horóscopo", um dia disse seu primeiro editor. Do sobrenome ele conservou apenas Lopes, para o nome pensou na sua semelhança com o cantor Tim Maia. Nos anos 1990, começa a colecionar prêmios pelas suas reportagens. Tim se disfarça, assume identidades falsas, introduz microcâmeras escondidas nos becos mais perigosos do Rio. Conversa com todos, sem nunca perder o sorriso e a paixão febricitante pelas coisas belas da vida, como correr à beira-mar ou dançar samba. De um lado estão o sol, as praias, o marulho das ondas. Do outro, o lado negro de seu trabalho. Aquele negro, mesmo que você finja que não o vê, mesmo que tenha uma energia moral constante que o impele sempre em frente, no fim o corrói. Tim percebe os primeiros sintomas naquela vez em que se disfarça de vendedor ambulante de água e esconde uma microcâmera na caixa de isopor. Quer filmar a quadrilha de rua que assalta os pedestres. Tudo acontece num raio. Um rapazinho se aproxima de um casal, saca uma faca, um taxista nota o assalto, puxa um revolver e começa a disparar para assustá-lo e pô-lo em fuga, o rapazinho se enfia entre o trânsito, mas não consegue se desviar de um ônibus que o atinge em cheio.

Tim filma tudo, estupidificado, e aquela pergunta que todos os jornalistas se fazem a certa altura, e que antes só lhe aflorara de leve, agora se torna angustiosa: Vale a pena? Todo esse risco para quê? Será que os moradores das favelas vivem melhor depois de todas as minhas reportagens?

Tim sente necessidade de ir embora, de se retirar para um local tranquilo e pensar. Lixar-se pelo menos uma vez pelos problemas que nem mesmo o Estado consegue resolver. Mas recebe um pedido de socorro. Os moradores da favela Vila Cruzeiro, sob o jugo do Comando Vermelho, não sabem mais em quem confiar. Quem são os bons? Quem são os maus? Certamente os do Comando Vermelho não são os bons, e o mesmo se pode dizer da polícia, inerte ou muitas vezes corrupta e conivente com os grupos criminosos. Sobra Tim. Ele é bom. Pode-se confiar, embora, como dizem os da favela, ele seja do "asfalto", isto é, vive onde as ruas, justamente, são asfaltadas, não como ali, na Vila Cruzeiro, onde tudo é desordenado e se faz uma verdadeira corrida de obstáculos entre as pedras. O comportamento dos traficantes da Vila Cruzeiro é, nessas alturas, intolerável. O tráfico à luz do dia agora é um triste hábito, mas os membros do Comando estão de olho nas garotas menores de idade da favela. Quem se recusa a fazer sexo com eles durante os bailes funk paga caro. Tim precisa documentar os costumes bárbaros do Comando e escancará-los perante a opinião pública. Opta pela técnica já testada: escolhe uma boca de fumo, certifica-se que não está com objetos como celulares e documentos que poderiam identificá-lo, caso alguém suspeitasse (já é um rosto conhecido no Rio e precisa se proteger também da fama), e se mune da usual microcâmera, que esconde no cinto. Mas naquela noite justamente as precauções e o currículo traem Tim.

André da Cruz Barbosa, conhecido como "André Capeta", e Maurício de Lima Bastos, o "Boizinho", dois integrantes do Comando, se aproximam daquele sujeito estranho apoiado no balcão do bar.

— Que porra é essa luz?
— Sou jornalista, posso explicar.

Mas, sem documentos, como podem acreditar nele? E, mesmo que acreditassem, Tim seria sempre um dedo-duro desgraçado. Melhor levá-lo ao chefe, Elias Pereira da Silva, dito "Maluco". Maluco está na Grota, a mesma favela que Tim trouxera à cena numa das suas reportagens mais famosas, a qual, além dos prêmios de sempre, ajudou a mandar vários traficantes para a cadeia. O Maluco, vendo os dois capangas que chegaram arrastando o jornalista intrometido, deve ter achado que era um presente dos céus.

O que se segue é uma lista de torturas e humilhações após um processo farsesco num morro abandonado do Complexo do Alemão. O "tribunal criminal" dos traficantes se reúne para deliberar a decisão já tomada: Tim deve morrer. Para o Comando, ele é um espião e, para os espiões, existe um ritual que deve ser seguido. As preliminares podem variar muito — no caso, usaram cigarros para queimar seus olhos e uma espada ninja para mutilá-lo —, mas o final é sempre o mesmo: micro-ondas. É um cilindro composto de pneus empilhados, em cujo centro coloca-se a vítima. Depois joga-se gasolina e ateia-se fogo. Infelizmente, porém,

não sabemos o que se esconde nas estantes cheias de caixas de papelão que Artur Paz Semedo olha preocupado. A verdade ou a punição para quem ousou demais?

Eu também conheci Artur Paz Semedo. Não trabalhava no setor de contabilidade de armamentos leves e munições da Belona S.A. e não teve uma ex-mulher pacifista. Não morava na Itália. Provavelmente nunca segurou um revólver na mão, e muito menos pensou em dar um disparo. Mas também conheci Artur Paz Semedo e seu nome era Rodolfo Rincón Taracena, seu nome era Valentín Valdés Espinosa, seu nome era Luis Horacio Najera, seu nome era Alfredo Corchado. Seu nome era o de um semanário de Tijuana: *Zeta*. A arma? O senso do dever.

Há senso do dever quando você ama ardorosamente a sua profissão e, perante um ou/ ou, você escolhe segundo a consciência. De um lado, a vida protegida por um silêncio imposto; do outro, a morte precedida por um último brado da verdade.

Rodolfo Rincón Taracena era um veterano do jornalismo investigativo, acostumado com as ameaças a ponto de não lhes dar muita importância. Certamente não era inexperiente nem inconsciente, coisa que seria somente se, diante do aumento constante da barbárie dos narcotraficantes, reagisse com um dar de ombros. Você não é louco quando se agarra com firmeza às palavras e continua a caminhar. E Rodolfo caminhava, quando foi assassinado na saída da redação do seu jornal, o *Tabasco Hoy*. Suas palavras foram precisas demais, diretas demais, e apontavam o dedo, davam nomes, gritavam sobrenomes.

Valentín Valdés Espinosa era jovem, tinha apenas 29 anos, mas em senso do dever era uma autoridade. Usara suas armas, as palavras, para atingir um chefão dos Zetas e cinco expoentes do Cartel do Golfo. Seu corpo martirizado foi utilizado como advertência para os outros.

Alfredo Corchado, correspondente no México do *Dallas Morning News*, deparou-se com a encruzilhada há anos. Fez sua escolha e agora sobrevive graças à única arma que se mostrou eficaz: a desconfiança. De tudo e de todos.

A desconfiança é um escafandro à prova de balas, que quem decidiu virar à direita ou à esquerda precisa usar. É incômodo, atrapalha, pesa a ponto de ferir as costas e impedir os movimentos. Mas ajuda, até você perceber que, por um micro-orifício até então despercebido, está entrando um vírus. Para Luis Horacio Najera, o vírus foi uma lista negra dos jornalistas que também incluía o seu nome: ele pegou a mulher e os filhos e voou para Vancouver, onde recomeçou tudo de novo.

Em 11 de abril de 2010, o semanário *Zeta*, de Tijuana, completou trinta anos. Parabéns, rapazes, continuem assim.

Eu também conheci Artur Paz Semedo. Não trabalhava no setor de contabilidade de armamentos leves e munições da Belona S.A. e não teve uma ex-mulher pacifista. Não morava na Itália. Provavelmente nunca segurou um revólver na mão, e muito menos pensou em dar um disparo. Mas também conheci Artur Paz Semedo e seu nome era Bladimir Antuna García. Sua arma era uma palavra. Uma palavra que nunca era cômoda.

Uma vida cômoda, afundada nas certezas, foi algo que Bladimir Antuna García nunca procurou, talvez nunca quis. Esta também é uma história cheia de lacunas, de perguntas sem reposta, de promessas apenas aludidas. À diferença de Artur Paz Semedo, porém, o fim de Bladimir foi escrito e, se não me doesse demais contá-lo de novo, eu o faria. Quando conheci Bladimir, descobri que a obsessão por qualquer coisa sempre conduz, única e exclusivamente, à derrota. Não há bons princípios que resistam, não há boas ações que redimam; os princípios e as boas ações não protegem das balas, ainda menos das palavras que Bladimir jamais usou, isto é, as palavras cômodas, domesticadas, envolvidas numa pátina de convencionalismo com um metro de espessura. Também Bladimir tinha uma couraça muito dura, temperada por anos de cocaína e álcool, recaídas e retomadas, tombos fragorosos e pequenas revanches.

Talvez uma vida desregrada realmente ajude a pessoa a se dotar de uma armadura inigualável, pois, quando você deixa de se preocupar consigo mesmo, seu futuro lhe parece uma operação de marketing de namoradas que querem se casar ou de padres que querem dinheiro; assim, nada o atemoriza, nem um pelotão de Zetas com sede de vingança pelo enésimo artigo escrito num jornal diário de merda de Durango, que estava prestes a fechar e foi ressuscitado por um jornalista maluco, manco e de mau hálito. E, quando o conheci, Bladimir era assim mesmo, um homem perdido em seus pesadelos e obcecado pelas histórias. O álcool e a droga podem matar, mas a obsessão pelas histórias mata duas vezes. A primeira vez você nem percebe, porque respira, bebe, dorme, mija. Está vivo, mas consumido por dentro. Você pode escrever centenas de crônicas por mês, tal como fazia Bladimir, e detonar o carro de tanto viajar quilômetros e quilômetros de uma fonte de notícias a outra, das delegacias de polícia às montanhas intransitáveis, mas aquele vazio você jamais preenche. Se você perguntasse a Bladimir quando topou com aquela encruzilhada, provavelmente ele daria de ombros e sorriria apenas com o olhar, como se a pergunta fosse um reflexo de despeito. Para alguns funciona assim. A escolha se impôs imediatamente, não precisaram esperar o ponto da bifurcação. São os que têm mais sorte, são os que, diante das ameaças diárias, podem dizer, como fazia Bladimir, "são apenas palavras". E quanto mais palavras recebia em pleno peito, mais palavras atirava contra seus inimigos.

Jamais saberemos quais palavras Artur Paz Semedo teria encontrado. Talvez palavras protegidas pelo frio dos números e pela capa da burocracia que encobre tudo. Deviam ser palavras arriscadas. Artur conseguiria enfrentá-las? Bladimir tentou reduzir os riscos ao mínimo, mas sem reduzir o poder de fogo de suas matérias. Não poderia: certos vícios é impossível abandonar.

* * *

Eu também conheci Artur Paz Semedo. Não trabalhava no setor de contabilidade de armamentos leves e munições da Belona S.A. e não teve uma ex-mulher pacifista. Não morava na Itália. Provavelmente nunca segurou um revólver na mão, e muito menos pensou em dar um disparo. Mas também conheci Artur Paz Semedo e seu nome era Friedhelm. Sua arma era a respeitabilidade. Mas Friedhelm tinha também uma necessidade imediata, 30 mil marcos. Não era um homem em busca da verdade, não queria desmascarar complôs nem endireitar o lado torto do mundo. Era um homem como muitos, como todos, um empresário com pouca liquidez. O respeito por uma vida de trabalho não funciona como um caixa rápido: digite a senha e as notas saem farfalhando. Para uma economia esgotada, em que o oxigênio do dinheiro imediato é cada vez mais rarefeito, o recurso ao lado obscuro do crédito deixou de ser tabu. Foi por isso que Friedhelm se encontrou diante de uma encruzilhada. De três bifurcações. De três decisões.

Estamos na Alemanha, às portas do novo milênio. O empreendimento imobiliário de Friedhelm está à beira da falência. Mas ele tem um velho amigo que poderia emprestar-lhe aqueles 30 mil marcos.

— Tenho 30 mil boas razões para lhe pedir esse dinheiro, Manuel — diz Friedhelm entre lágrimas.

— Para mim basta a nossa amizade — responde Manuel.

— Não posso te devolver o dinheiro. Mas se me der

mais algum tempo... Sabe, talvez tenha algo em movimento, bastaria que a licitação da prefeitura...

Manuel não o deixa terminar, pois não está escrito em lugar nenhum que uma dívida não pode ser quitada de outra maneira. O plano é simples: há uma grande carga de cocaína destinada a Berlim e Friedhelm poderia cuidar da logística.

— Você não trabalhou como despachante quando moço?

A rota já foi estabelecida: Curaçao-Portugal-Alemanha.

— Você não morou em Portugal?

Friedhelm não podia recuar. No fundo, tratava-se de organizar uma simples remessa, gerenciar os homens, monitorar as trocas. Nada que já não tivesse feito. Ainda por cima, recebeu a visita de um sujeito que se apresenta como Holandês Vermelho. Friedhelm não pestanejou quando o Holandês Vermelho lhe mostrou uma foto da filha de catorze anos e não parou para pensar que aquele homem fora enviado pelo seu "amigo" Manuel. Não teve tempo para essas coisas. É a primeira decisão a ser tomada.

Mil quilos de pó por mar, depois por terra, atravessando a Europa desde as costas ventosas de Portugal às ruas geladas de Berlim. Para transportar uma tonelada de cocaína acondicionada em pacotinhos, é preciso um navio de grande capacidade e insuspeito, e assim o grupo de Manuel providencia o pesqueiro *Reine Vaering*, comandado pelo capitão Paul. A embarcação está esperando a carga, mas há um problema: Paul se recusa a embarcar toda aquela mercadoria, é pesada demais e o *Reine Vaering* corre o risco de afundar no meio do oceano, a milhares de quilômetros de qualquer lugar e em qualquer direção. Um terço da mercadoria fica em terra. Os 660 quilos restantes são amontoados a bordo e cobertos com uma espessa camada de cimento. Três meses depois, no porto de Aveiro em Portugal, está Friedhelm. Organizou tudo. Mandou trazer um Iveco Turbo Daily diretamente da Alemanha, abarrotado de caixas de mudança. Depois comprou fogõezinhos de camping, colchões de ar, cadeiras dobráveis e todo o necessário para umas férias ao ar livre. O motorista que deve levar o furgão até Berlim não sabe que um cúmplice de Friedhelm se incumbiu pessoalmente de acrescentar os tijolos de cocaína nas caixas. Um plano perfeito, se o lote não tivesse diminuído em mais outros trezentos quilos. O encarregado de quebrar a placa de cimento no pesqueiro e retirar os pacotes ficou assustado: olhos demais e ouvidos demais à espreita. Melhor se contentar com trezentos quilos; afinal, no atacado poderiam vendê-los por 16 milhões de marcos, no varejo, depois de misturada, conseguiriam até 50 milhões. Manuel ficará satisfeito?, pergunta-se Friedhelm. Ficará satisfeito o capanga que espiona sua filha atravessando o portão da escola? Não tem tempo para procurar uma resposta, a Iveco precisa entrar na autoestrada, o motorista poderia suspeitar. Em Berlim encontrará uma solução e tomará sua segunda decisão.

Faz quase uma semana que Friedhelm acorda, vai ao banheiro, lava o rosto, inspeciona o avanço dos cabelos brancos e lança um olhar pela janela acima do aquecedor. O furgão ainda está lá. A carga ainda está lá. E se o roubarem? Imagine a cara do ladrão quando descobrir um tijolo de cocaína entre as estacas da barraca. Seria cômico se a vida da filha e os destinos de um empreendimento pelo qual ele deu o sangue não estivessem em jogo. Seu escritório no bairro de Neukölln vai muito bem. Está falindo, é verdade, mas a reputação de Friedhelm ainda está intacta e a respeitabilidade que ganhou com seu trabalho há de servir para defender a si e ao tesouro que guarda nos arquivos dos velhos projetos. E, de fato, ninguém mete o nariz onde não deveria e os dias passam. Friedhelm não é contatado e vai ao trabalho com ostensiva pontualidade, tudo deve parecer normal, de uma insípida banalidade. Se alguém lhe pergunta como vai, Friedhelm abre um sorriso e responde que tudo vai bem, que a vida segue sempre igual. De tanto repetir essas frases, ele se convence que sim, talvez sim, a vida realmente continua a mesma, sem perturbações. Mas depois, quando entra no escritório e abre o arquivo, as ilusões se desfazem. Tenta se concentrar no trabalho, mas a coluna dos passivos só cresce e aqueles trezentos quilos de cocaína ainda continuam ali.

É uma tarde especialmente úmida quando Friedhelm tem uma ideia e toma a terceira decisão. Um quilo a mais, um quilo a menos. Quem vai perceber. Friedhelm tem um amigo, Helmut, que sabe onde desovar a droga. A entrega e a venda do primeiro quilo dão certo. São 50 mil marcos de oxigênio puro para o construtor.

Um quilo a mais, um quilo a menos. Quem vai perceber, e Friedhelm tira outro da montanha que guarda em seu escritório. Mas dessa vez as coisas dão erradas. O telefone de Helmut está grampeado e a polícia pega os dois, ele e Friedhelm. O já ex-construtor recebe uma sentença de mais de treze anos e, graças ao seu testemunho, desmorona-se o castelo que ele ajudara a erguer e permitira a importação de trezentos quilos de cocaína.

Artur teria ido tão longe? Teria posto em risco seu bom nome, a honestidade ganhada em campo, o prestígio de uma vida conduzida com retidão?

Eu também conheci Artur Paz Semedo. Não trabalhava no setor de contabilidade de armamentos leves e munições da Belona S.A. e não teve uma ex-mulher pacifista. Não morava na Itália. Provavelmente nunca segurou um revólver na mão, e muito menos pensou em dar um disparo. Mas também conheci Artur Paz Semedo e seu nome era Christian Poveda.

Sua arma?

Não sei mais, cansei-me de falar de armas. Tempos atrás empunhei uma Kalashnikov, empunhou-a também quem quis me seguir num dos poucos lugares ainda livres: o teatro. Segurar uma arma é uma experiência que todos deveriam fazer. Todos deveriam percorrer as caneluras com as pontas dos dedos, sentir o peso do carregador, antes vazio e depois cheio de balas. Sem isso, resta apenas o fascínio ou a repulsa. Serve ao conhecimento. Quanto pesa a morte? Todos deveriam brincar com a cápsula, girá-la entre os dedos como faz o prestidigitador com uma moeda. Qual a velocidade da morte? Todos deveriam disparar um tiro contra um alvo, uma latinha ou um círculo, pouco importa. O que se sente quando o tiro acerta o alvo?

Para contar a história de Christian, utilizei com frequência a palavra "triste". Triste para ele, morto dessa maneira, jovem e traído como um herói de Homero, triste ao pensar que suas palavras, no final, talvez não tenham servido de nada. Estou cansado do engano das palavras. De falar de armas e de usar esta palavra: triste. Christian Poveda entrou numa encruzilhada e morreu fazendo seu trabalho. Feliz.

"O escritor que decide escrever de maneira clara quer leitores, o escritor que decide escrever de forma obscura quer intérpretes." Camus tinha razão. Saramago podia responder: "É o que as palavras simples têm de simpático, não sabem enganar". Encontrar palavras simples é a ocupação mais complicada que um escritor decide realizar. Palavras simples incapazes de enganar. Palavras talvez capazes de ser felizes.

Eu também conheci José Saramago.

ROBERTO SAVIANO nasceu em Nápoles, Itália, em 1979. É autor, entre outros, do best-seller *Gomorra* (Bertrand Brasil, 2008), que foi traduzido em mais de quarenta países, ultrapassou 10 milhões de cópias vendidas e originou o filme de mesmo nome, vencedor do Grand Prix de Cannes em 2008. Escreve para jornais como *La Repubblica*, *The New York Times* e *El País*. Publicou *A máquina da lama* (2012) e *Zero zero zero* (2014) pela Companhia das Letras.

ESTA OBRA FOI COMPOSTA PELA SPRESS EM TIMES E IMPRESSA PELA GEOGRÁFICA
EM OFSETE SOBRE PAPEL PÓLEN BOLD DA SUZANO PAPEL E CELULOSE
PARA A EDITORA SCHWARCZ EM SETEMBRO DE 2014

A marca FSC® é a garantia de que a madeira utilizada na fabricação do papel deste livro provém de florestas que foram gerenciadas de maneira ambientalmente correta, socialmente justa e economicamente viável, além de outras fontes de origem controlada.